U0066087

Asia Jilimpo

陳明仁

台語文學有聲冊

拋荒的故事

第六輯：田庄運命紀事

(1書+2CD光碟)

前衛出版
AVANGUARD

《抛荒的故事》

全六輯「友情贊助」

徵信名錄

陳麗君老師　張淑眞女士　李林坡先生　江永源先生
劉俊仁先生　蔣爲文教授(2套)　劉建成總經理(2套)
蔡勝雄先生　郭茂林先生　陳榮廷先生　黃阿惠小姐
葉明珠小姐　陳勝德先生　王立甫先生　楊婷鈞小姐
丁連宗先生　李淑貞小姐　馮文信先生　陳新典先生
林鳳雪小姐(6套)　謝明義先生(20套)　郭敬恩先生
江清琮先生　莊麗鳳小姐　陳豐惠小姐　王海泉先生
徐炎山總經理　陳宗智總經理　倪仁賢董事長
許慧如老師　簡俊能先生　李芳枝女士　許壹郎先生
杜秀元先生　呂理添先生　張邦彥副理事長
陳富貴先生　林綉華女士　陳煜弦先生　曾雅禎小姐
楊飛龍先生　劉祥仁醫師(2套)　李遠清先生(2套)
林松村先生　陳雪華小姐　陸慶福先生　周定邦先生
陳奕瑋先生　葉文雄先生　黃義忠先生　邱靜雯小姐

徐義鎮先生　褚妏鈺經理　邱秀鈴小姐　蔡文欽先生
謝慧貞小姐　林清祥教授　鄭詩宗醫師　忠義先生
張復聚醫師　陳遠明先生　賴文樹先生　吳富梟博士
王寶根先生　柯巧俐醫師　莊惠平先生　謝樂三先生
王宏源先生　王挺熙先生　蘇柏薰先生　懷仁牙科
陳志瑋先生　洪嘉澤醫師　花致義先生　白正欣先生
林邱秀治女士　李秀鳳小姐　蘇禎山先生(2套)
林麗茹老師　楊典錕先生　蔡松柏先生　邱瑞山先生
陳政崑先生　林本信先生　彭鴻森先生　張賜勇先生
黃麗美小姐　梁燉煌先生　高寶鳳小姐　李文三先生
戴振宏先生　呂明哲先生　李永裕先生　郭峰月女士
黃耀明先生　林鐵城先生　余明道先生　彭森俊先生
林秀清先生　陳福當老師　蔣日盈老師　陳義弘先生
許文彥先生　劉政吉先生　黃玲玲老師　王樺岳先生
蔡彰雅先生　程永和先生　台發國際有限公司
巫凱琳小姐　江淑慧小姐　王春義先生　呂祥雲女士
鄭宗在先生　吳宜靜小姐　徐瑤瑤小姐　羅惠玲小姐
許錦榮先生　黃永駿先生　王朝明先生　林明禮先生
林俊宏董事長　邱文錫先生(10套)　戴瑞民先生
林昭明先生　曾秋富先生　姜佳雄先生　馬勝隆先生
汪嘉原先生　勤拓行　張珍珍女士　張星聚醫師
張文震先生　張渭震醫師　施永和先生　張蘋女士
陳武元先生　黃春記先生　徐健民先生　林朝成牧師
陳坤明先生　鄭曉峰老師　林麗玉老師　李文正議員
楊季珍老師　蕭喻嘉老師　陳金花老師　汪緯斌先生

陳金虎先生　張炳森老師　謝禎博先生　林昭銘先生
丁鳳珍老師　李青青小姐　李維林先生　郭美秀小姐
黃壬勇先生　蘇正玄先生　涂慶信先生　黃秀枝小姐
邱小姐　梁家豐先生　吳新福先生　黃振卿先生
郭文卿先生　李文雄先生　許武偉先生　高澤仁先生
高淑慧小姐　錢秀足小姐　林定緯先生　黃世民先生
洪永叡律師　江鶯鑾小姐　陳榮祥先生　何淑敏小姐
郭進輝先生　蔣鴻麟先生　王藝明先生　林禹先生
陳永鑫先生　鄭書勉女士　鄭明益先生　廖秀齡小姐
多田惠先生　王競雄執行董事　邱儒慧老師(2套)
蔡淑卿小姐　黃晴晏小姐　林桂華小姐　楊啓甫先生
黃月春老師　林煇彬先生　林秀芬小姐　周福南先生
謝金色老師　楊婷婷老師　江先生　李坦坦女士
黃江淑女士　吳仲堯老師　許慧盈小姐　應鳳凰老師
劉嘉淑藝術總監(2套)　于靜元小姐　江澄樹老師
陳邦美小姐　羅富農先生　陳正雄先生　黃伯仲先生
胡寬美小姐　王維熙先生　林晢陽牧師(20套)
許俊嵩先生　許俊偉先生　莊昌善先生　鄭正煜老師
陳惠世牧師　王登科先生　楊文德先生　戴良彬先生
王輝龍先生　陳有信經理　李年登先生　黃正成先生
鄭嘉勝先生　鄭佳毓先生　藍春瑞老師　林美麗小姐
洪媛麗小姐　蔡詠淯先生　洪健斌先生　林裕凱先生
林正雄先生　黃士玲小姐　謝惠貞小姐　簡秋榮先生
蕭平治老師(2套)　陳慕眞小姐　許立昌先生
呂興昌老師　許正輝先生　柯柏榮先生　楊允言老師

梁君慈小姐　陳文傑先生　杜美玉小姐　劉夏荷小姐
溫麗嬌女士(10套)　李智貴先生(10套)　丁文祺先生(20套)
陳清連總經理　周柏雅副議長　蘇壽惠女士
林冠男女士　陳宣霖先生　王雅萍老師　蔡美芳老師
鄭吉棠老師　張木金先生　潘明貴先生　許月霞女士
周妙珍女士　陳碧璉小姐　郭金生先生　孫基興先生
劉鐘堆先生　盧繼寶校長　郭松茂先生　林輝亮先生
Purarey Ayam先生　陳忠信總經理　周眉均小姐(2套)
曾千綺小姐　陳秀卿老師　蔡素珠小姐　劉明智先生
黃豊迅老師　陳雪珠老師　蕭曉晴小姐　阮百靈先生
莊士賢老師　江裕宗先生　林怡慧老師　陳裕星先生
陳月妙教授　林瑩碧小姐　陳碧華小姐　宋宜蓁老師
嘉義市崇文街黃月娥女士　陳寶珠老師　郭峰嘉先生
簡明文先生(6套)　鄭國皇董事長　林燦猛總經理
曹賜成先生　陳英相先生　陳玉助先生　陳信宏先生
林明正先生　李錫榕老師　李定忠老師　邱百龍先生
黃陳玉梅女士　呂忠心先生　林永鋒先生
廖月瑛女士　林加三先生　陳貞守先生　高明達先生
楊文貴先生　曾美滿老師　陳素華小姐　蔡敏文先生
賴正瑤先生　鄭堦得先生

感謝！

(贊助名單至 2014 年 1 月 27 日止)

目次

桌頭按語 /香仔火

一、本冊：《拋荒的故事》，前身為台文作家 Asia Jilimpo (陳明仁)所寫「教羅漢字版」台語散文故事集《Pha 荒 ê 故事》，改寫為「台羅漢字版」(書後仍附陳明仁教羅漢字版原著文本，已有台語文閱讀基礎者可直接閱讀)，以故事屬性分輯，配有聲冊型式再出版。分輯篇目請見書後所附《拋荒的故事》有聲出版計畫表。

二、本冊所用台語羅馬字音標符號，依據教育部所公佈之「台灣閩南語羅馬字拼音方案」(簡稱台羅拼音)。其音標標記符號，請參酌書末所附「台灣羅馬字音標符號及例字」，應該是幾小時內就可以學會。

三、本冊所用台語漢字，主要依據教育部「台灣閩南語常用詞辭典」用字，僅有極少部分不明確或有爭議的台音漢字，仍以羅馬字先行標寫，完全不妨礙閱讀連貫性。至於其「正字」或「本字」，期待方家、學者有以教正。

四、本冊顧慮到多數台語文初學者易於進入情況，凡每篇第一次出現的「台語生字」，都盡可能在行文當頁下方標註羅馬音標及中文註解，字音字義對照，一目瞭然。

五、本冊爲「漢羅台語文學」，閱讀先決條件是：1.用台灣話思考；2.學會羅馬字音標。已經定型習慣華文的讀者，初學或許會格格不入，但只要會聽、講台語，腦筋轉一下，反覆拿捏體會練習，自然迎刃而解。

六、本冊另精心製作有聲 CD，用口白唸讀及精緻配樂型態呈現台語文學境界，其口白唸讀和文本文字都一音一字精準對應，初學者可資對照學習。但即使不看文本，光是聽 CD，也可以充分感覺台語的美氣，台灣的鄉土味、人情味，農村社會的在地情景，以及用文學表現出來的故事性、趣味性，的確是一種台語人無比的會心享受。

七、「台語文學」在我們台灣，算是制式教育及主流文壇制約、排擠、蔑視下的純自覺、自發性本土文化智慧產物(你要視為是一種抵抗體制的反彈，那也有十足的道理)。好在我們已有不少前行代台語文作家屈身帶頭起行了，而且已經有相當可觀的作品成績，只是我們尚未發覺，或根本不想進入罷了，這是極爲可惜的事。

八、身爲一位長年在華文字堆打滾的台灣編輯匠，如今能「讀得到」我們阿公、阿媽、老爸、老母教給我們的家庭、社會話語，能「聽得到」用我們台灣母土語言寫出來的書面文字，實感身心暢快，腦門清明，親近、貼切又實在。也寄語台灣人，台語復興、台文開創運動的時代已經來了，你就是先知先覺的那一位。

其實台語、台文並不困難，開始說、讀、寫就是了。阿門，阿彌陀佛。

Pha-hng ê Kòo-sū

《抛荒的故事》

第六輯：田庄運命紀事

原著／Asia Jilimpo (陳明仁)

漢字改寫／蔡詠淯

中文註解／蔡詠淯　陳豐惠　陳明仁

插畫／林振生

(台羅漢字版)

作者畫像素描

「Pha 荒 ê 故事」ê 故事

陳明仁

熟 sāi 台語文界 ê 讀者早就知影，《台文 BONG 報》tȧk 期 lóng 會刊 1 篇散文小說「Pha 荒 ê 故事」，作者是《BONG 報》ê 總編輯陳明仁。Ùi 幾個所在 thang 知影，第一，文字風格，《台文 BONG 報》tȧk 期 lóng 有小說，作者 Babuja A. Sidaia，ùi《A-chhûn》這本小說集出版，thang 知影是陳明仁 ê 筆名，「Pha 荒 ê 故事」用詞 kap 語法 lóng kap Babuja 差不多。第二，筆名 Asia Jilimpo，縮寫 A. J.，kap A 仁 kāng 款，koh 真 chē 人知影 A 仁是出世 tī 彰化 ê 二林，古稱二林堡。Asia 會 sái 講是『亞細亞』，m̄-koh 作者眞正是 1 個生活上 ê a 舍，厝內事 lóng m̄-bat，kan-taⁿ 趣味 tī 文學生活 niâ，眞正是 1 個來自二林 ê『活寶』。第三，tòa 台灣 ê 朋友有機會 tī tak 個禮拜 chái 起時 9 點到 10 點收聽中廣電台播出，節目 ê 名稱是「走 chhōe 台灣」，由雅玲小姐 kap A 仁主持，1 禮拜 A 仁唸 1 篇「Pha 荒 ê 故事」，雅玲負責配故事 ê 背景音樂， koh kap 作者討論作品內涵 kap 價值觀。

我寫這個系列 ê 故事，原本 m̄是講jōa有計劃--ê，hit chūn 為著作者 ê 願，有開 1 間巢窟(Châu-khut)咖啡店，意思是 beh hō͘ 1 kóa tī 台灣這款社會思想 ná 像亂賊、土匪這款人，會 tàng 來行踏 ê 所在；作者 han-bān 經營，這 chūn 都也倒店--a。Hit 時我 1 工有超過 10 點鐘 ê 時間 lóng tī 巢窟，我 ê 工作電腦就 khǹg tī hia，若有熟 sāi 客來，我就 hioh-khùn，kap 人 lim 咖啡、開講、撞球，心情平靜就寫作，想講 beh 為台語文 ê 散文小說寫出另外 1 種風格，頭 1 篇〈大崙 ê a 太 kap 砂鼈〉就是用「巢窟散文」ê 總名 tī《台文 BONG 報》發表。寫到第 5 篇〈沿路 chhiau-chhōe gín-á 時〉，本底 kap 我 tī 中廣做「走 chhōe 台灣」

ê 雅玲建議 tī 電台唸讀，hō͘ 聽眾有機會 ùi 聲音去感受台語文學。就 án-ni 開始，我 1 禮拜寫 1 篇，ta̍k 篇 lóng 控制 tī 差不多字數，起造 1 種講故事兼有散文詩氣味 ê 文體，講是小說，koh 對白講話 khah 少，是爲聲音文學所經營 ê 文學。

講著「Pha 荒 ê 故事」ê 寫作意涵，我是傳統作 sit gín-á，田園 m̄ 作，放 leh 發草，就叫做「pha 荒」。有 1 tè 歌「思念故鄉」，內底有 1 句歌詞是我眞 kah-ì--ê：

為何愛情來拋荒(pha-hng)？

田園無好禮 á 種作、管理，就會 hō͘ pha 荒--去，愛情比田園 koh-khah 敏感，若無斟酌 kā 經營管理，當然 koh-khah 會 hō͘ pha 荒--去。Che 是 kā 具體 ê 用詞意念化，台語文本底講--ê，lóng 是具體、寫實--ê，若 beh 提升做文學語，需要 1 kóa ùi 具體物提煉--來 ê 書面語詞，我就是用這款意念，beh 開發另外 1 種母語文學 ê 寫作風格--ê。Tī《A-chhûn》這本小說、戲劇集，有收 1 篇舞臺劇〈老歲 á 人〉，笑詼笑詼，講實--ê，我是 leh 寫 1 種 pha 荒 ê 價值觀，台灣古典 ê 農業社會有發展 i ka-tī ê 價值，m̄-koh tī 現代社會，生活條件 kap 環境齊(chiâu)改變，價值觀當然有無 kâng，m̄-koh 農業社會 ê 老歲 á 人，in 爲著語言 ê 制限，無法 tō 接受現代社會 ê 價值觀，致使傳統 ê 台灣人價值觀念，tī 現此時 ê 社會環境 soah 變做笑話，m̄ 知有 jōa chē 人 leh 看〈老歲 á 人〉這齣舞臺劇演出 ê 時，笑 gah 攪肚臍，我 mā 爲著觀眾 kan-taⁿ 笑 niâ，ka-tī leh 流目屎。

價值觀是經過比 phēng--ê，m̄ 是絕對--ê，「Pha 荒 ê 故事」，我 ta̍k 篇 lóng 是用現代做起頭，chiah 講 1 個五〇、六〇年代台灣農業社會 ê 故事，透過故事，kā 本底台灣人所堅持 ê 價值 the̍h 來做比 phēng，m̄-koh 比 phēng 是讀者讀了 ê khang-khòe，作者無 tī 文學進行中加話。經過比 phēng，lán thang 了解，台灣社會環境kap 生活所 óa 靠 ê 條件提供 lán siáⁿ-mih 價值，造成台灣 siáⁿ-mih 性格，ùi chia，lán thang 理解未來台灣人 tī 傳統 ê 下 kha，lán beh chóa^{n} 建立新 ê 台灣性格，che 是台灣文化 ê 大工事，我 siàu 想 beh 做疊磚 á 角 iah 是 khōng 紅毛塗 ê 地基。

有時 á 我 mā 會跳脫台灣 ê 古早，kap 現代做比 phēng，親像〈離緣〉這篇，hit 時我 ka-tī mā 有婚姻 ê 困境，想著米國作家 mā bat 處理過這款題材，he 是米國人用 in 古典對婚姻 ê 價值觀，hō͘ 讀者做反省--ê，我專工用西方 ê 觀念，來 kap 台灣做 1 個比 phēng，mā hō͘ ka-tī 婚姻問題看會 tàng chhōe 有 kóa 出路--bē。

為 beh 兼顧散文效果，我講故事 ê 時，有專工寫境、寫情，用口語式 ê 書面語製造 1 種文學情境，kap 中文 ê 文學語無 siá^{n} kāng 款 ê 表達方式，口語 mā 會 tàng 有 súi ê 文學境界，台語文現代 iáu 無偌 chē 書面語 thang 利用，lán 這時需要用口語做地基，chiah 有未來 lán ka-tī 母語 ê 書面語文學。

（〔編按〕以上羅馬字音標為「教會白話字」系統）

抛荒的故事　田庄運命記事　完結篇

牽成我 ê 學者廖瑞銘、施俊州，早就點出《抛荒的故事》其實是連環 ê 小說，我專工用「散文故事」做當年單行本 ê 冊名，有人讀無詳細，講是「作者個人經歷的散文」，否定是「小說」，tse 無重要。

莎士比亞 ê《仲夏夜夢》，我 beh 改做台語版 tī 北藝大演出，其中「工匠組」beh tī 戲劇比賽演「上長 ê 短劇」、「上短 ê 長劇」、「上悲 ê 喜劇」、「上喜 ê 悲劇」。筆者是莎士比亞 ê 研究者，用《抛荒的故事》向古早四百年前這個英國文學家致敬。

讀者三十六篇讀了，會 tàng 整理小說出場 ê 人物，參考靜宜大學楊斯顯碩士論文〈陳明仁台語小說中 ê 台灣人形象 kap 價值觀研究〉做 ê「人物關係表」，就了解筆者安排相關人物 ê 一致性kap複雜 ê 性格，替台灣人價值觀『耙梳』一條暗溝。Khah 明顯 ê 例是「破格成

--仔」tī〈十姊妹記事〉等 ê 形象，到〈豬寮成--仔 kap 阿麗〉對開頭到結局 ê 轉變，這款手法 m̄ 是筆者獨創，毛姆 ê〈Mr. Know All〉出名短篇就用--過。

身爲文學創作者，需要讀眞 tsē 別人 ê 作品，m̄ 是 beh 學--人，別人有用--過 ê 手法，咱 tio̍h 避免，我有兩篇作品，發表了 tsiah 發現手法 kap 人接近，這篇〈豬寮成--仔 kap 阿麗〉沖著〈Mr. Know All〉，有另外一篇小說〈耶穌榮--仔 ê 婚姻〉沖著〈誰來晚餐〉。故事完全無 kâng，m̄-koh 人性 ê 轉變類似。

〈印尼新娘〉是獨立 ê 一篇，九二一發生 ê 時，我 tī 台灣神學院任教，有一 tīn 學生停課 tàu-tīn 入去南投救災，這篇做紀念。當初發表就有讀者指出早期統治東帝汶--ê 是葡萄牙，m̄ 是印尼。我 hut tîng-tânn，m̄-koh 我無做修改，突顯筆者 ê 無知 kap 固執。

〈一人一款命〉ê 阿英 kap〈Khioh 稻仔穗〉是 kāng 人，阿英大 khoo koh 貓面，無 suí，我 ê 作品 khah 愛創造美女，m̄-koh 阿英--仔是我上愛ê台灣女性。

這輯感謝張復聚醫生推薦，i tī 高雄推 sak 台文運動，koh 組台灣羅馬字協會，貢獻眞大，mā 眞疼--我。劉承賢本底就是優秀的小說創作者，這時 koh tī 台語語言學有眞深的研究，對台灣主體性會有大大貢獻。

感謝林文欽ê製作團隊、音樂監製、錄音師、漢字改寫、註解、編輯、策劃、導讀上認眞ê廖瑞銘，各輯推薦ê同志好友，上 ài 感謝是支持這套有聲冊ê兄姐，請你聽了、讀了 tàu 相報，hōo khah tsē 人來支持上 kài 台灣ê文學作品。願上帝、神明保守！

(〔編按〕以上羅馬字採教育部「台灣羅馬字」音標)

《抛荒的故事》第六輯「田庄運命紀事」導讀

烏托邦幸福的憑藉

廖瑞銘

中山醫學大學台灣語文學系教授
兼通識教育中心主任

近來，最夯的政治新聞話題之一是，柯文哲參選台北市長的人氣指數爲什麼這麼高？加上前一陣子由民間公民團體號召上街頭聲援「洪仲丘案」的盛大場面，引起評論者開始注意「素人崛起」的現象，發現民眾對現有的「政治明星」已經不耐煩、不信任了，轉而回頭尋求「素人」的眞實力量。

發現素人，關懷生命

乍看之下，好像是什麼社會新發展，其

實，這只表示台灣人的後知後覺。因爲，如果我們稍微回顧一下歷史，就會發現不只是政治界，其實整個現代文化藝術都是走向民間，尋找素材、生命力的。歷史研究關心的主角從帝王將相、偉人英雄轉到市井小民，甚至名不見經傳的「媳婦仔」；文學藝術創作的主題從宮廷貴族、資產階級趣味轉向民間百態、普羅大眾關心的題材。或許可以大膽一點說，判斷一個社會是否現代、民主、進步，「發現素人，關懷生命」是一個可以參考的指標，而阿仁寫的《拋荒的故事》這一系列故事眞正的價値與特色就在這裡。

《拋荒的故事》第六輯收錄了〈印尼新娘〉、〈老實ê水耳叔--á〉、〈清義--á選里長〉、〈豬寮成--á kap A麗〉、〈1人1款命〉、〈稅厝ê紳士〉等六篇故事，標題是「田庄運氣故事」。讀完這六篇故事，腦海裡很自然會浮現出「天上掉下來的禮物」這句話，可以當做標題「運氣」的註解。

個人生命的額外「獎賞」

人生過程中，禍福常常是相倚的，有時是因禍得福，有時卻是樂極生悲。像〈印尼新娘〉中，阿源的爸爸是因爲往南越過巴士海峽，深入到南洋漁場捕魚，遇到颱風，來不急靠岸避風，船翻了，被印尼漁船救上岸。原來這艘漁船的主人是東帝汶的獨立軍，反而托阿源的爸爸把女兒帶回台灣「政治庇護」，他就這樣意外娶到一個「印尼新娘」。〈老實ê水耳叔--á〉那個又瘦又矮的水耳--á 居然能娶到粗壯、而且很能做農事的老婆。不僅如此，當水耳叔 m̂á 在外面「不老實」，鬧桃色事件的時候，還可以鎮定地處理，讓他轉行、避風頭。〈豬寮成--á kap A 麗〉中的豬寮成--á 原本是一個好心的郎中，受托去看A麗的病，結果卻陰錯陽差娶 A 麗，連同接受她肚子裡的小孩。更戲劇性的發展是，之前與 A 麗相親後悔婚的那個男人後來又跟一個修指甲的小姐定婚，卻因爲騎摩托車出車禍過世，才證實那個小孩原來是那個男人的。〈1人1款命〉中的欽--á先是娶到「生產力」很強的珠--á，連續5年生了5個小孩，最後卻因難產而過世。欽--á變成單親爸爸，要作5分多的地，又得照顧5個小孩，非常吃力。後來有一個死了丈夫，被夫家趕回娘家的英--á，來幫忙他照顧小孩的生活，雖然沒有結成姻緣，畢竟也有一段時間分擔了他很多家事。這四篇可以說都把把女人當做是好運的禮物。

村民的集體「福利」

另外兩篇，〈清義--á選里長〉是說到當地村民原本想利用選出里長，在里長辦公室裝電話的機會，方便能牽電話線到村裡頭，清義--á選里長，說穿了只是村民牽電話線的人頭而已，事實是，終舊沒能實現那個運氣。〈稅厝ê紳士〉是說村裡有一天，來了一對年輕夫婦，男的很紳士，女的很有氣質，聽說是因爲雙方家庭反對他們的婚姻，才躲到鄉下來租房子住。後來是因爲有一年村子裡收成不好，有人提議組團去北港媽祖廟過香引聖，卻籌不出錢僱車。結果是「我」這個小孩子去請託那個租房子的年輕太太幫忙。才知道原來那個「紳士」是台北一家客運公司的小開，年輕太太是公司的職員。村裡的人那一次有 2、30 人去北港媽祖廟過香，坐的那一台貨車就是那個客運公司小開自己出錢請的車。

這六個故事講的「運氣」，不管是個人生命額外的「獎賞」，或是村民們集體的「福利」，都是非常富有庶民性的趣味。這種題材、趣味，在以傳統士人創作爲主的古典詩文中，是從來就不會觸及的；就是逐漸走向都會化的現代文學，也很難得照顧到，只有在《拋荒的故事》這樣的母語文學中才看的到。

再現烏托邦的幸福

《拋荒的故事》運用魔幻寫實的功夫爲

我們重建一個 50、60 年代真實存在過的台灣農村社會。閱讀《拋荒的故事》，不僅是聽到一個又一個台灣農村社會的傳奇故事，更享受的是，彷彿沈浸在阿仁爲我們再現的烏托邦，溫馨、純樸而幸福。在那個以彰化二林爲主要場景的烏托邦，出現的人物化身爲故事主述者「我」的親戚族人、同學朋友、街坊鄰居。他們各有具體的職業、工作，以本輯爲例，像〈印尼新娘〉裡的捕烏魚的遠洋漁業，〈老實 ê 水耳叔--á〉裡講的農事挲草、播田、割稻仔，及挑擔四處叫賣的雜貨擔。〈豬寮成--á kap A 麗〉裡的赤腳先仔豬寮成--á，因爲當兵的時候，被上司派去軍醫室當工友，耳濡目染學得一些醫藥常識，退伍後，便在村子裡當起「密醫」。如果再回顧全部系列所談到過的人物及其從事的行業，那就更爲豐富、多樣，包括乞丐、「修指甲的」、尪姨、乩童、照像師傅、地理先、種甘蔗、西螺溪畔「拖吊」貨車、賣獎券、種咖啡、電影院的辯士、樂師、歌仔戲演員，ii等等。其中大部份都是漸漸消失中的傳統產業，將這些行業集合起來，正好可以還原當時代台灣人的生存圖像及社會面貌，不但提供讀者懷舊的情趣，也提供臺灣社會史的素材。

那是一個封閉，圓滿自足互助共生的世界，讓人聯想到電影「楚門的世界」中所創造的那個溫馨的小鎮。在那個社會裡的人們，自成一種價值觀，愛情婚姻觀及生活情調。人與人互動直接而頻繁，真誠對待形成「人氣」，互相關懷、分工放伴，自然成為彼此的「運氣」，這樣的人氣與運氣會帶來一些幸福感。

烏托邦幸福的憑藉

在那個物質缺乏的年代，台灣人還能有些許的幸福感，主要憑藉的是人與人之間懂得互相擔待與感情分際。

〈印尼新娘〉就是從 1999 年台灣 921 大地震時，全國上下團結救災以及鄰近國家派救援隊來，所表現的人道關懷開始，講到阿源的爸爸出遠洋捕魚，遇風災被救，然後牽引出東帝汶獨立軍的故事，對方反而把女兒托付他帶回台灣避難。〈老實 ê 水耳叔--á〉中的水耳叔--á，因為少給「我」一顆糖惹議，借著向「我」賠不是，大張旗鼓公開請全村的人煙跟檳榔，算是傳統農村社會「洗門風」道歉的大禮，原來實際上是為他在隔壁村惹的桃色事件擦屁股，「我」無意間「分擔」了水耳叔--á 的過錯而不自知。〈豬寮成--á kap A 麗〉中的豬寮成--á 會承受社會誤解與責難，娶A麗為妻，而且接受她肚子裡的孩子，憑藉的也是一份願意承擔的心，由此再回頭去想他的「行醫」，也就可以感受到他在謀生之餘的愛心。〈1 人 1 款命〉當中的英--á，自願來幫忙欽--á照顧那 5 個小孩的生活，純粹是出於不忍心，跟她個人的感情因素無關。還有，作者即使主題講的是單親爸爸的故事，也不忘呼應其他篇章講到的婚姻愛情觀，突出女性的自覺。英--á在「再婚」這件事情上，顯然比欽--á 更清楚感情的本質。當欽--á 央媒人去說親，A 英就找機會跟欽

--á 說：

「Hm 人婆 --á 有來，我有斟酌想 -- 過，我會來 kā 你 tàu kha 手，m 是 it 著愛 beh 有 1 個翁婿，是 m 甘這幾個細漢 gín-á，食 m-chiâ^{n} 食，穿 gah ná 監囚 --leh，我 m 知也就準 tú 好，khah 輸都知 --a，beh nah 看會過心？你央人來講親 chiâ^{n} 是好意，che 我知，m-koh 翁某 ài 有翁某緣，我死翁，你死某，che lóng 是 lán 無翁某 緣，你是欠 tàu 做 khang-khòe ê kha 手，m 是欠某，我 mā 是 bē 過心 chiah 來 --ê，m 是 leh 欠翁，我想想 --leh，這個 kê 我 m giâ，我來 tàu-sa^{n}-kāng 是做心適與 --ê niâ！」

欽 --á 不敢回應，只有掉眼淚，A 英在眼裡，雖有不忍心，也只能下狠心，一走了之，再也沒回頭。

跨越世紀之交的台語文學

從一開始介紹阿仁的《拋荒的故事》，就

比較偏重闡述其中的題材及內涵意義，或許會被當成只是一本台灣農村鄉野故事集。實際上，每一篇故事的敘事語句能精準地寫實，本身就是出色的文學語言，更不用說不時會出現非常具有文學性的描寫片段，情景交融甚至感情溢於言表，像〈印尼新娘〉剛開始，「我」跟著阿源去他家的路上，有這樣的描寫：

> 這個所在是我頭 pái 來 --ê，離北港無 kài 遠，車 ùi 大通路 oat 入庄 kha 路 á，天色暗 --a，夜濛霧罩 tī 這個漁村，窗 á 門 phah 開，鹹味隨流 -- 入 - 來，車前燈 chhiō thàng 濛霧，ká-ná 有燈火 leh tín 動，應該是漁船 á，4邊 tiām-chih-chih，ká-ná 天地 lóng chiâu 睏 -- 去，m-ta^{n}，連海 mā 睏 -- 去。到岸邊，oat 入1 條 chiok 細 ê 路 á，kan-tā^{n} 車身 tú 好會 tàng 過 niâ，路 á ê 盡磅，就是 A 源 in tau。

在夜霧攏罩的離北港不遠的漁村小路上，聞得到海的鹹味，車前燈透過白茫茫的夜霧，彷彿可以看到海上漁火點點。這樣兼具

「（無）聲、（霧中）光、（海水鹹）味」細膩的描寫，襯托出夜宿客居的心情，表現了的抒情風格，也可以破除主流文學界長久以來對台語文學「只有台語，沒有文學」的刻板批評了。

12年前，《拋荒的故事》第一版出書時，我來不及爲它寫序，沒想到 12 年後重新出版時，必須「罰寫」6 篇導讀。接近尾聲，回顧來時路，內心難免有些波動，慶幸這本書經得起一再細讀，而又能讀出以前讀不到的意涵，或許是自己成長了，也或許《拋荒的故事》原本就這麼經典。希望經由我的導讀能與更多愛好台灣文學的有志分享阿仁的作品，同時也邀請大家共同來參與新世紀的台語文學運動，我們一起來創作，走出去，讓別人看到台語文學的美。

像喬伊斯有自信可以用《都柏林人》的敘述重建都柏林街道，我們可以用《拋荒的故事》「沿路」找尋二林的山川景物。重要的是，可以在那些場景中聽到豐富而眞實的母語生態。

那個時空，我們是永遠也回不去了，但是，當時人們所信仰的價值觀與濃厚的人情味，只要我們認同、願意，是可以繼承下來，甚至擴散出去，成爲我們台灣文化的核心價值。

豬寮成--仔佮[1]阿麗

電台抑是[2]電視台常在[3]有無牌的醫生抑[4]藥劑師咧[5]賣藥仔廣告順紲[6]講醫學，我有寡[7]煩惱，身體的構造是眞複雜--的，有眞濟[8]病症到今醫學上猶[9]揣[10]無適當的醫療法度[11]，全世

1 佮：kap, 和、與。
2 抑是：iah-sī, 或是。
3 常在：tshiâng-tsāi, 經常、時常。
4 抑：iah, 或是、還是。
5 咧：leh, 表示現狀、長時間如此。
6 順紲：sūn-suà, 順便、順帶、趁便。
7 寡：kuá, 一些、若干。
8 濟：tsē, 多。
9 猶：iáu, 還。
10 揣：tshuē, 尋找。
11 法度：huat-tōo, 辦法、法子。

界投入醫學研究的人、財力有夠濟，毋過[12]並無開發出來百面[13]成功的藥仔抑是技術，閣[14]講，這个[15]時代嘛[16]猶有「絕症」的存在，無受過專業訓練抑是無醫療執照--的猶是尊重專業較好。

醫療需要專業訓練佮醫藥、器材設備，人口較密的城市當然就較有合格的醫生館，庄跤[17]所在[18]醫療免講[19]嘛較落伍，在來[20]著愛[21]倚靠草藥仔、偏方、赤跤仙仔[22]這類的自力救濟。我做囡仔[23]生活的庄跤就無甲[24]一間醫

[12] 毋過：m̄-koh, 不過、但是。
[13] 百面：pah-bīn, 一定、絕對。
[14] 閣：koh, 再、又。
[15] 个：ê, 個。
[16] 嘛：mā, 也。
[17] 庄跤：tsng-kha, 鄉下。
[18] 所在：sóo-tsāi, 地方。
[19] 免講：bián-kóng, 當然。
[20] 在來：tsāi-lâi, 一向、向來。
[21] 著愛：tio̍h-ài, 得。
[22] 赤跤仙仔：tshiah-kha-sian-á, 無執照的醫生。
[23] 做囡仔：tsò-gín-á, 孩提、幼時。

生館，若毋[25]是眞傷重[26]的破病[27]就歇--一-下，倒[28]--一-下，看家己[29]會好--袂[30]。上[31]濟是食人專門提[32]來寄的便藥仔[33]，彼[34]是普通腹肚[35]疼、感[36]著[37]風邪抑是落屎[38]這幾款[39]輕症頭[40]才食會行氣[41]，若拄著[42]眞正[43]歹剃頭[44]--的，嘛

---

[24] 甲：kah, 到，到……的程度。
[25] 毋：m̄, 否定詞。
[26] 傷重：siong-tiōng, 嚴重。
[27] 破病：phuà-pīnn, 生病。
[28] 倒：tó, 躺。
[29] 家己：ka-tī, 自己。
[30] -- 袂：--bē, 問可能性或能力的語詞。
[31] 上：siōng, 最。
[32] 提：the̍h, 拿。
[33] 便藥仔：piān-io̍h-á, 成藥。
[34] 彼：he, 那個。
[35] 腹肚：pak-tóo, 肚子。
[36] 感：kám, 受到疾病傳染。
[37] 著：tio̍h, 到，後接動詞補語，表示動作之結果、對象。
[38] 落屎：làu-sái, 拉肚子、腹瀉、下痢。
[39] 款：khuán, 種類、樣式。
[40] 症頭：tsìng-thâu, 症狀、病症。
[41] 行氣：kiânn-khì, 奏效、見效。
[42] 拄著：tú-tio̍h, 碰到、遇到。

著[45]倩[46]貸切仔車[47]去市內的大病院。

我欲[48]講阮[49]庄--裡頭一个赤跤仙仔，照這陣[50]的講法應該是「密醫」，就是無牌的醫生，爲著[51]合[52]故事時代背景的氣氛，我猶是講赤跤仙仔，伊[53]本名是「成--仔」，揹藥箱仔做[54]先生[55]了後[56]，身份應該有較懸[57]，毋過庄跤人袂曉[58]欲尊 tshûn[59]，嘛仝款[60]叫伊「成

---

[43] 眞正：tsin-tsiànn, 眞的。

[44] 歹剃頭：pháinn-thì-thâu, 棘手、難纏、難以應付。

[45] 著：tio̍h, 得、要、必須。

[46] 倩：tshiànn, 聘僱、僱用。

[47] 貸切仔車：tāi-tshiat-á-tshia, 出租汽車。

[48] 欲：beh, 打算、想要。

[49] 阮：guán, 我們，不包括聽話者；我的，第一人稱所有格。

[50] 這陣：tsit-tsūn, 這時候。

[51] 爲著：ūi-tio̍h, 爲了。

[52] 合：ha̍h, 合適、契合。

[53] 伊：i, 他、她、牠、它，第三人稱單數代名詞。

[54] 做：tsuè, 當、從事 ... 職業。

[55] 先生：sian-sinn, 醫師。

[56] 了後：liáu-āu, 之後。

[57] 懸：kuân, 高。

--仔」，極加[61]是患者爲欲予[62]歡喜，當伊的面稱呼「豬寮成--仔」。成--仔原本佮醫學一屑仔[63]牽聯都無，去做兵[64]煞[65]予[66]頂司[67]派去軍醫室做小使仔[68]，就是這陣講的「工友」，人講「曲館邊的豬仔聽久嘛會拍拍[69]」，成--仔退伍了後，講伊是軍中咧做醫生，有學著上現代的醫術，爲欲證明伊眞正是內行--的，閣專

---

58 袂曉：bē-hiáu, 不懂、不會。

59 尊 tshûn：tsun-tshûn, 尊重、敬重。

60 仝款：kāng-khuán, 一樣。

61 極加：kik-ke, 最多、頂多。

62 予：hōo, 讓。

63 一屑仔：tsit-sut-á, 一點兒、一點點。

64 做兵：tsuè-ping, 當兵。

65 煞：suah, 竟然。

66 予：hōo, 被、讓。

67 頂司：tíng-si, 上司。

68 小使仔：siáu-sú-á, 工友。

69 曲館邊的豬仔聽久嘛會拍拍：khik-kuán pinn ê ti-á thiann kú mā ē phah-phik, 曲館旁的豬因環境使然，聽久了也會跟著打拍子；指耳濡目染，無師自通。曲館：khik-kuán, 早期民間的音樂社團。拍拍：phah-phik, 打拍子。

門講一寡醫生話，上捷[70]講--的是「你需要治療」，庄跤人無智識，聽走精[71]--去，共[72]「治療」聽做「豬寮」，想講「豬毋才[73]會需要豬寮」，也毋敢傷[74]問，干焦[75]稱呼伊「豬寮成--仔」表示尊重。

我做囡仔的時身體無勇，到這時嘛干焦大箍把[76]好看頭 niâ[77]，三頓飽藥罐仔無離手。佇[78]彼款[79]抛荒[80]的時代，囡仔人[81]攏[82]gâu[83]腹肚疼

---

[70] 捷：tsia̍p, 頻繁。

[71] 走精：tsáu-tsing, 失眞、偏離。

[72] 共：kā, 把、將。

[73] 毋才：m̄-tsiah, 才。

[74] 傷：siunn, 太、過於。

[75] 干焦：kan-tann, 只有、僅僅。

[76] 大箍把：tuā-khoo-pé, 大塊頭、大個子。

[77] niâ：而已。

[78] 佇：tī, 在。

[79] 彼款：hit khuán, 那種。彼：hit, 那。

[80] 抛荒：pha-hng, 荒蕪。

[81] 囡仔人：gín-á-lâng, 小孩子家。

[82] 攏：lóng, 都。

[83] gâu：易於。

厚[84]蛔蟲[85]，若無蓋[86]傷重，就食蛔蟲藥仔就準拄好[87]，有一款蛔蟲藥仔是做甲若[88]餅--咧[89]，食--起-來閣[90]甜甜，囡仔[91]枵鬼[92]無腹肚疼嘛會假病提來做糖仔食，大人看毋是勢[93]，就吩咐寄藥包仔--的莫[94]囥[95]彼款甜的蛔蟲餅。有一擺[96]，我半暝腹肚實在是疼甲 tsih-tsat[97]袂牢[98]，阿爸本底[99]就無咧信彼个嘐潲[100]成--仔，到這

---

[84] 厚：kāu, 指抽象或不可數的「多」。

[85] 蛔蟲：bīn-thâng, 蛔蟲。

[86] 蓋：kài, 十分、非常。

[87] 準拄好：tsún-tú-hó, 當做事情解決、算了。

[88] 若：ná, 好像、如同。

[89] -- 咧：--leh, 置於句末，用以加強語氣。

[90] 閣：koh, 居然。

[91] 囡仔：gín-á, 小孩子。

[92] 枵鬼：iau-kuí, 嘴饞、貪吃鬼。

[93] 毋是勢：m̄-sī-sè, 情勢不對、事情不妙。

[94] 莫：mài, 別、不要。

[95] 囥：khǹg, 放置。

[96] 擺：pái, 次，計算次數的單位。

[97] tsih-tsat：承受、負荷、支撐。

[98] 袂牢：bē tiâu, ... 不住。

[99] 本底：pún-té, 本來、原本。

个坎站[101]，阿公講「較[102]苦曷[103]著請伊來」，總--是[104]袂當[105]看伊的金孫佇眠床[106]頂捙來捙去[107]，目睭金金人傷重[108]。

阿爸佮成--仔自早[109]就無好，佇成--仔猶未[110]做兵進前[111]，捌[112]參加割稻仔班，四界[113]去趁工[114]，輪著佮成仔仝[115]kânn[116]踏機器

---

[100] 嘐潲：hau-siâu, 說謊、誇張。
[101] 坎站：khám-tsām, 地步、階段。
[102] 較：khah, 再怎麼。
[103] 曷：ah, 表示強調的語氣。
[104] 總--是：tsóng--sī, 終究。
[105] 袂當：bē-tàng, 不能、不可以。
[106] 眠床：bîn-tshn̂g, 床舖。
[107] 捙來捙去：siak-lâi-siak-khì, 翻過來、翻過去。捙：siak, 用力輾轉翻身。
[108] 目睭金金人傷重：bak-tsiu kim-kim lâng siong-tiōng, 遇到嚴重無法克服的情況，一籌莫展、無能爲力，眼睜睜的看著事件發生，心裡很難過。
[109] 自早：tsū-tsá, 老早、早就。
[110] 猶未：iáu-bē, 還沒。
[111] 進前：tsìn-tsîng, 之前。
[112] 捌：bat, 曾。
[113] 四界：sì-kuè, 四處、到處。

桶[117]--的攏嫌講成--仔無攬無拈[118]，連一屑仔力都毋出，佮伊敆[119]kânn 真食監[120]。成--仔彼支喙[121]閣真破格[122]，特別興[123]佮人相諍[124]，人咧講拜佛燒金[125]的代誌[126]，佮伊也無底代[127]，會笑人迷信，講無彩[128]人的錢買紙燒燒--掉；人講今年苦瓜好價[129]，逐个[130]攏[131]咧羅子[132]，伊就

---

[114] 趁工：thàn-kang, 做臨時工。
[115] 仝：kāng, 相同。
[116] kânn：量詞，計算成雙的單位。
[117] 機器桶：ke-khì-tháng, 脫穀機。
[118] 無攬無拈：bô-lám-bô-nē, 有氣無力的。
[119] 敆：kap, 合併。
[120] 食監：tsia̍h-kann, 吃力。
[121] 喙：tshuì, 嘴。
[122] 破格：phuà-keh, 命理上對命格的負面用語或是罵人說話不得體、烏鴉嘴。
[123] 興：hìng, 喜好、喜歡。
[124] 相諍：sio-tsìnn, 辯論。
[125] 燒金：sio-kim, 燒冥紙。
[126] 代誌：tāi-tsì, 事情。
[127] 無底代：bô tī-tāi, 不相干。
[128] 無彩：bô-tshái, 可惜、白費。
[129] 好價：hó-kè, 價錢高。

唱[133]講明年一定大落[134]，凡勢[135]價數[136]落甲無夠肥料錢。有一年阮阿爸就種五分外[137]地的苦瓜，頂[138]年猶是足[139]好價，予破格成--仔彼支破格喙講一下煞有影[140]落甲捙[141]無夠工錢，五分外地的苦瓜攏軋[142]落去[143]做肥底[144]，阮規家夥仔[145]嘛食一年苦瓜，炒苦瓜、苦瓜湯、

---

130 逐个：ta̍k ê, 每個、各個。
131 痟：siáu, 沈迷、瘋某事物。
132 糴子：tia̍h tsí, 買種子。糴：tia̍h, 買進米糧。
133 唱：tshiàng, 明講、事先講清楚。
134 落：lo̍h, 下降。
135 凡勢：huān-sè, 也許、說不定。
136 價數：kè-siàu, 價格。
137 五分外：gōo hun guā, 五分多。分：hun, 面積單位「甲」的十分之一，而一甲有二千九百三十四坪，等於零點九七公頃。
138 頂：tíng, 上一個。
139 足：tsiok, 非常。
140 有影：ū-iánn, 的確、眞的。
141 捙：tshia, 以車子搬運東西。
142 軋：kauh, 輾。
143 落去：lo̍h-khì, 下去。
144 肥底：puî-té, 基肥、底肥。

豉鹹[146]做苦瓜膎[147]，食甲規厝內[148]攏變苦瓜面[149]，眞正是苦年，莫怪[150]阿爸會遐[151]氣這个破格兼嘐潲成--仔。

成--仔聽著是阿爸欲請伊來看--我-的，無掛[152]半暝仔[153]冷吱吱[154]，藥箱仔揹--咧[155]隨[156]就拚[157]--來，看我的舌，反[158]我的目睭[159]，閣揤[160]我腹肚，那[161]問講：

---

145 規家夥仔：kui-ke-hué-á，全家、一家人。規：kui，整個。
146 豉鹹：sīnn-kiâm，醃漬。
147 膎：kê，醃製的碎肉醬或水產醬。
148 厝內：tshù-lāi，家裡。厝：tshù，房子、家。
149 面：bīn，臉。
150 莫怪：bo̍k-kuài，難怪、怪不得、無怪乎。
151 遐：hiah，那麼。
152 掛：khuà，把事情放在心上。
153 半暝仔：puànn-mî-á，半夜、午夜、子夜。
154 冷吱吱：líng-ki-ki，冷颼颼。
155 -- 咧：--leh，表示略微處理，固定輕聲變調。
156 隨：sûi，立刻、立即。
157 拚：piànn，趕、衝。
158 反：píng，翻轉。
159 目睭：ba̍k-tsiu，眼睛。
160 揤：ji̍h，按、壓。

「你有食啥物[162]較罕見的物件[163]--無[164]？」

「欲暗仔[165]時我佇厝後樹仔跤[166]挽[167]著幾蕊草菇，i--仔[168]煮飯的時，我khē[169]佇灶空[170]炰[171]熟，食了[172]--矣[173]。」

「彼草菇有的有毒，這需要診斷佮治療。」

阮阿爸應[174]伊講：「騙痟--的[175]！彼草菇

---

[161] 那：ná, 一面 ...。

[162] 啥物：siánn-mih, 什麼。

[163] 物件：mi̍h-kiānn, 東西。

[164] -- 無：--bô, 置於句尾，表示疑問語氣。

[165] 欲暗仔：beh-àm-á, 黃昏。

[166] 樹仔跤：tshiū-á kha, 樹下。

[167] 挽：bán, 摘取。

[168] i-- 仔：i--á, 平埔族稱呼母親的用語。

[169] khē：放。

[170] 灶空：tsàu-khang, 爐灶內燃燒柴炭的位置。

[171] 炰：pû, 埋在熱灰或炭裡烤。

[172] 了：liáu, 沒有剩餘。

[173] -- 矣：--ah, 語尾助詞，表示完成或新事實發生。

[174] 應：ìn, 回答、應答。

[175] 騙痟 -- 的：phiàn-siáu--ê, 騙人、胡說八道。

阮定定[176]挽咧食，若有毒，規家夥仔早就毒死了了[177]--矣。伊是腹肚疼，緊[178]共[179]注射--啦，莫講彼啥物咧眞綴假綴抑是豬寮牛寮--的。」

成--仔替我共腹肚揤揤--咧，感覺有影較袂[180]遐疼，包藥仔叫我隨食，無偌久[181]，我就眞正睏[182]--去，毋知通[183]疼--矣，食兩工[184]藥仔佮泔麋仔[185]，我的腹肚疼就好--矣。雖罔[186]是成--仔共我醫好--的，毋過伊干焦叫我食寡藥仔，也無注射，我無感覺伊有啥醫術，阿爸嘛無改變對伊的 bái[187]印象。

---

[176] 定定：tiānn-tiānn, 常常。
[177] 了了：liáu-liáu, 殆盡。
[178] 緊：kín, 趕快、迅速。
[179] 共：kā, 給、幫。
[180] 袂：bē, 不會。
[181] 無偌久：bô juā kú, 沒多久。
[182] 睏：khùn, 睡。
[183] 通：thang, 應該、能夠。
[184] 工：kang, 天、日。
[185] 泔麋仔：ám-muâi-á, 稀飯、米湯。泔：ám, 稀。
[186] 雖罔：sui-bóng, 雖然。
[187] bái：不好、糟糕。

隔壁庄--裡有一个阿麗--仔是無足月出世[188]--的，人是親像[189]名按呢[190]生做[191]有美麗，毋過頭殼[192]無蓋好，現代話講是「智能不足」。普通時無論啥人[193]佮伊講話，伊攏會文文仔笑[194]，若莫講破[195]，會感覺伊氣質眞讚。阿麗十八歲彼年捌有人來看過親情[196]，查埔囡仔[197]眞佮意[198]，彼爿[199]的序大人[200]有拜託人去in[201]庄頭仔[202]探聽，人疼惜阿麗，無講伊的歹

---

188 出世：tshut-sì, 出生、誕生。
189 親像：tshin-tshiūnn, 像是、如同。
190 按呢：án-ni, án-ne, 這樣、如此。
191 生做：sinn-tsuè, 長得。
192 頭殼：thâu-khak, 頭腦、腦袋。
193 啥人：siánn-lâng, 誰、什麼人。
194 文文仔笑：bûn-bûn-á tshiò, 微笑。文文仔：bûn-bûn-á, 微微地。
195 講破：kóng-phuà, 說穿、道破、點破。
196 看親情：khuànn tshin-tsiânn, 提親。
197 查埔囡仔：tsa-poo gín-á, 男孩子。查埔：tsa-poo, 男性。
198 佮意：kah-ì, 喜歡。
199 彼爿：hit pîng, 那邊。爿：pîng, 邊、旁。
200 序大人：sī-tuā-lâng, 父母、雙親、長輩。
201 in：第三人稱所有格，他們。

聽[203]話，就來落定[204]，查埔囡仔嘛有約阿麗出--去-過，看這个姑娘無愛講話，無論查埔--的講啥伊攏甜甜仔笑，想講定著是理想的家後[205]，就看日欲娶轉去[206]做囡仔的阿 i[207]。哪知結婚前成禮拜[208]，未來的大官仔[209]毋知對[210]佗[211]探聽著阿麗的頭殼有故障，反悔煞退婚，查埔囡仔有寡毋甘[212]，毋過嘛毋敢違背序大人。

阿麗嘛可憐，予人退婚嘛是面甜甜仔笑，全款佇 in 庄--裡田頭仔散步、挽花薅[213]草仔編

---

202 庄頭仔：tsng-thâu-á, 村子、村落。

203 歹聽：pháinn-thiann, 難聽、不好聽、不光彩。

204 落定：lo̍h-tiānn, 下訂。

205 家後：ke-āu, 妻子、妻室。

206 轉去：tńg-khì, 回去。

207 阿 i：a-i, 平埔族稱呼母親的用語。

208 成禮拜：tsiânn lé-pài, 約一個禮拜。成：tsiânn, 將近、約。

209 大官仔：ta-kuann-á, 公公。

210 對：uì, 從、由。

211 佗：toh, 哪兒。

212 毋甘：m̄-kam, 捨不得。

213 薅：khau, 拔除。

花環插頭鬃[214]，嘛會佇溪仔邊唱歌予[215]家己聽。In 阿 i 早就過身[216]--去，賰[217]老爸欲晟[218]查某囝[219]有影袂當遐貼心，阿麗自細漢[220]就慣勢[221]家己揣議量[222]，閣一寡囡仔件[223]有時仔會欺負--伊，予伊閣較[224]孤單。In 老爸來揣[225]成--仔講阿麗毋知按怎[226]這站仔[227]人攏 siān[228]-癉，無啥[229]愛食糜飯，腹肚閣定定會幽幽仔

[214] 頭鬃：thâu-tsang, 頭髮。
[215] 予：hōo, 給。
[216] 過身：kuè-sin, 過世。
[217] 賰：tshun, 剩下。
[218] 晟：tshiânn, 養育、照顧。
[219] 查某囝：tsa-bóo-kiánn, 女兒。
[220] 細漢：sè-hàn, 小時候。
[221] 慣勢：kuàn-sì, 習慣。
[222] 議量：gī-niū, 消遣。
[223] 囡仔件：gín-á-phuānn, 童年玩伴。
[224] 閣較：koh-khah, 更加。
[225] 揣：tshuē, 找、探訪。
[226] 按怎：án-tsuánn, 如何。
[227] 這站仔：tsit-tsām-á, 這陣子。
[228] 癉：siān, 疲倦、疲憊。

疼[230]，請成--仔若有閒[231]去共看--一-下。

過無偌久，成--仔煞會 tshuā[232]阿麗來阮庄 tshit 迌[233]，佇竹林仔路散步，去油菜花田掠[234]蝶仔，有時伊揹藥箱仔出診嘛會騎鐵馬載阿麗，人風聲[235]講「成--仔佮阿麗大概有啥曖昧」。我捌佇店頭仔[236]聽阿爸佮一陣[237]大人開講[238]，有人講：

「阿麗是文痟[239]毋是武痟，人閣媠[240]媠--仔，成--仔大概欲娶伊轉來[241]做某[242]。」

---

229 無啥：bô-siánn, 不太。
230 幽幽仔疼：iu-iu-á thiànn, 隱隱作痛。
231 有閒：ū-îng, 有空。
232 tshuā：帶領。
233 tshit 迌：tshit-thô, 遊玩。
234 掠：liàh, 捕捉。
235 風聲：hong-siann, 傳言、流傳、謠言。
236 店頭仔：tiàm-thâu-á, 店舖、商家。
237 陣：tīn, 群。
238 開講：khai-káng, 聊天、閒聊。
239 痟：siáu, 瘋癲、瘋狂。
240 媠：suí, 美、漂亮。
241 轉來：tńg-lâi, 回來。

阿爸應講：「痟阿麗是眞可憐，破格成--仔眞無良心，連按呢的人都騙會落手[243]，有影是卸世卸眾[244]。」

我問阿爸：「阿麗in兜[245]敢[246]是好額人[247]？無[248]，成--仔是欲騙伊啥？」

阿爸罵我：「囡仔人有耳無喙[249]，大人講話莫聽。」

眞正過無一個月，阿麗 in 老爸來阮庄投莊書文先生，莊--先-生是遮[250]的頭人[251]，閣兼做鎮民代表。講阮庄彼个做醫生的成--仔共 in

---

242 某：bóo, 妻子、太太、老婆。
243 騙會落手：phiàn ē lo̍h-tshiú, 騙得下去。
244 卸世卸眾：sià-sì-sià-tsìng, 丟人現眼。
245 兜：tau, 家。
246 敢：kám, 疑問副詞，提問問句。
247 好額人：hó-gia̍h-lâng, 有錢人。
248 無：bô, 不然的話。
249 囡仔人有耳無喙：gín-á-lâng ū hīnn bô tshuì, 小孩子只能聽大人說話，不要隨便插嘴表示意見。
250 遮：tsia, 這裡。
251 頭人：thâu-lâng, 領導者。

阿麗騙大腹肚[252]，若是普通正常查某囡仔[253]會使[254]講家己嬈[255]、家己興，伊嘛毋敢過庄來家己揣見笑[256]，毋過阿麗毋知世事，請莊--先-生替伊做主。莊--先-生真受氣[257]，叫成--仔來問，問伊欲按怎解決。成--仔在來都[258]足厚話[259]--的，到甲這款地步，嘛煞無聲無說[260]，頭犁犁[261]恬恬[262]據在[263]莊--先-生共惡[264]。尾手[265]，莊--先-生講代誌甲按呢--矣，無，就阿

[252] 大腹肚：tuā-pak-tóo, 懷孕而看得出來、大肚子。
[253] 查某囡仔：tsa-bóo gín-á, 女孩子。
[254] 會使：ē-sái, 可以、能夠。
[255] 嬈：hiâu, 形容女性不莊重、風騷。
[256] 見笑：kiàn-siàu, 丟人、丟臉、羞恥、羞愧。
[257] 受氣：siūnn-khì, 生氣、發怒。
[258] 都：to, 表示強調。
[259] 厚話：kāu-uē, 話多。
[260] 無聲無說：bô-siann-bô-sueh, 一聲不響。
[261] 頭犁犁：thâu lê-lê, 頭低低的。
[262] 恬恬：tiām-tiām, 安靜、沉默。
[263] 據在：kù-tsāi, 任由、任憑。
[264] 惡：ok, 兇、申呩。
[265] 尾手：bué-tshiú, 後來。

麗娶娶--咧，對 in 彼爿才有一个交代，成--仔若肯，伊欲出面去講親情[266]。

成--仔娶某是庄--裡頭一个無放帖仔[267]予人鬧熱[268]--的，干焦辦一桌請莊--先-生陪阿麗 in 老爸，tshím 頭--仔[269]連成--仔in阿爸都毋肯食桌[270]，莊--先-生去共[271]好喙[272]姑情[273]才來陪親家仔坐桌[274]。

成--仔結婚了，較無咧講破格話，毋是伊有啥改，是自伊共阿麗舞[275]甲大腹肚了後，庄內人看伊無起[276]，這款毋成人[277]原本是愛[278]

---

266 講親情：kóng tshin-tsiânn, 提親。
267 放帖仔：pàng-thiap-á, 發帖子。
268 鬧熱：nāu-jia̍t, 熱鬧。
269 tshím 頭 -- 仔：tshím-thâu--á, 開始時。
270 食桌：tsia̍h-toh, 赴宴。
271 共：kā, 跟、向。
272 好喙：hó-tshuì, 婉言。
273 姑情：koo-tsiânn, 懇求、央求。
274 坐桌：tsē-toh, 宴會入席。
275 舞：bú, 搞。
276 看無起：khuànn-bô-khí, 看不起、瞧不起。
277 毋成人：m̄-tsiânn-lâng, 王八蛋。

予人呸[279]痰呸瀾[280]--的，雖罔有佮阿麗結局，猶是犯人欹[281]，我知影[282]伊對豬寮成--仔閣變做「垃圾成--仔」，就通知影伊佇庄內人心肝內[283]的地位，這款名聲會使講臭 kiânn-kiânn[284]，欲哪[285]有人欲閣揣伊來看病，彼跤[286]藥箱仔煞毋捌閣揹--過，無奈何，換揹一跤魚籠仔四界圳溝仔掠魚仔抾[287]鰗鰡[288]，總--是揣寡油臊[289]予有身[290]--的食營養。

---

278 愛：ài, 要、必須。
279 呸：phuì, 吐、唾。
280 瀾：nuā, 口水。
281 犯人欹：huān-lâng-khia, 落人口實。
282 知影：tsai-iánn, 知道。
283 心肝內：sim-kuann-lāi, 內心。
284 臭 kiânn-kiânn：tshàu-kiânn-kiânn, 臭烘烘。
285 欲哪：beh-nah, 詰問如何。
286 跤：kha, 只。計算鞋子、戒指、皮箱等物的單位。
287 抾：khioh, 拾取、撿取。
288 鰗鰡：hôo-liu, 泥鰍。
289 油臊：iû-tsho, 油腥、含油脂的葷腥食物。
290 有身：ū-sin, 懷孕。

阿麗生--矣，是成--仔家己抾囡仔[291]轉臍[292]--的，庄跤人無遐 gâu[293]記人的欠點[294]，成--仔燜[295]油飯請--人，眞濟人有去看彼个查埔嬰--仔，嘛共in翁某[296]恭喜，干焦阿爸狡怪[297]，毋收 in 的油飯，講成--仔眞早就共阿麗濫糝來[298]，才會新娘才半年就生囝[299]，凡勢就是按呢，阿麗毋才會去予頭前[300]彼个退婚。庄--裡-的想想算算--咧閣[301]有影，阿麗家己嘛是無夠月[302]生--的，毋過無差遐濟，哪有人才六個月就生，講--起-來這个垃圾成--仔有影夭壽

[291] 抾囡仔：khioh gín-á, 接生。
[292] 轉臍：tńg-tsâi, 給新生嬰兒切斷臍帶。
[293] gâu：善於。
[294] 欠點：khiàm-tiám, 缺陷、缺點。
[295] 燜：būn, 密蓋以文火煮。
[296] 翁某：ang-bóo, 夫妻。
[297] 狡怪：káu-kuài, 好與人做對。
[298] 濫糝來：lām-sám lâi, 亂搞、胡亂來。
[299] 生囝：sinn-kiánn, 產子。囝：kiánn, 兒女。
[300] 頭前：thâu-tsîng, 前面。
[301] 閣：koh, 果然。
[302] 夠月：kàu-gue̍h, 足月。

骨[303]！

嬰仔滿月了，阿麗彼个無緣的大官煞來求莊--先-生，講欲請伊做主，講 in 後生[304]本底佇農會食頭路[305]，共阿麗退婚了後，換做[306]一个修指甲的姑娘仔，嘛 kuānn 定[307]--矣，in 後生去蓄[308]一台 oo-tóo-bái[309]，煞去出車厄來不幸--去，欲過身的時有留遺言講阿麗彼个囡仔是伊的，望老爸去抱轉來養通傳後嗣。若毋信會使算囡仔是當時[310]有--的，閣聽好[311]去驗血。

成--仔共莊--先-生應講：「講囡仔是我的是你，這陣你閣講毋是我的，你是地方的頭

303 夭壽骨：iáu-siū-kut, 缺德。
304 後生：hāu-sinn, 兒子。
305 食頭路：tsia̍h-thâu-lōo, 上班、就業。
306 做：tsuè, 女孩子跟人訂親。
307 kuānn 定：kuānn-tiānn, 訂親。
308 蓄：hak, 添置、購置，指買金額較高之物。
309 oo-tóo-bái：機車、摩托車。
310 當時：tang-sî, 哪時、何時、什麼時候。
311 聽好：thìng-hó, 可以、得以。

人，哪會[312]煞講話顛顛倒倒？免驗，囡仔就是正港[313]我成--仔的，叫 siáng[314]來講嘛仝款。」

阿麗囡仔抱--咧，干焦文文仔笑，做老母的阿麗比較早[315]較婧，嘛眞溫柔。

閣來[316]，庄--裡閣有人請成--仔去看病，無人閣叫伊「破格成--仔」，毋過猶是毋知彼句「治療」的意思，嘛仝款尊稱伊「豬寮成--仔」。✍

---

[312] 哪會：nah ē, 怎麼會。
[313] 正港：tsiànn-káng, 純正、道地。
[314] siáng：誰、甚麼人，啥人 (siánn-lâng) 的合音。
[315] 較早：khah-tsá, 以前。
[316] 閣來：koh-lâi, 再來、後來、接下去。

老實的水耳叔--仔

檢采[1]有人專工[2]找作者的麻煩，嫌這个[3]題目無夠台語口語化，應該是古意[4]抑是[5]條直[6]的水耳叔--仔。這愛[7]容允[8]我解說--一-下，古意、條直是對內涵的論定，老實是干焦[9]對表面的印象 niâ[10]。講，是按呢[11]，大概猶[12]有人捎無啥

[1] 檢采：kiám-tshái, 也許、可能、說不定。
[2] 專工：tsuan-kang, 特地。
[3] 个：ê, 個。
[4] 古意：kóo-ì, 老實、忠厚。
[5] 抑是：iah-sī, 或是。
[6] 條直：tiâu-tit, 坦率、正直、率直。
[7] 愛：ài, 要、必須。
[8] 容允：iông-ún, 允許、准許、容許。
[9] 干焦：kan-tann, 只有、僅僅。
[10] niâ：而已。
[11] 按呢：án-ni, án-ne, 這樣、如此。

有[13]，無要緊，我共[14]水耳叔--仔的代誌[15]講了，就通[16]知影[17]我講的老實佮[18]古意、條直是差佇[19]佗位[20]--矣[21]。

水耳叔--仔漢草[22]生做[23]瘦閣[24]矮，自細漢[25]in[26]爸母就煩惱伊[27]後擺[28]穡頭[29]袂堪--得[30]，

---

[12] 猶：iáu, 還。
[13] 捎無啥有：sa bô-siánn ū, 抓不著頭緒。捎：sa, 抓取、拿。無啥：bô-siánn, 不太。
[14] 共：kā, 把、將。
[15] 代誌：tāi-tsì, 事情。
[16] 通：thang, 可以、能夠。
[17] 知影：tsai-iánn, 知道。
[18] 佮：kap, 和、與。
[19] 佇：tī, 在。
[20] 佗位：toh-ūi, 哪裡。
[21] -- 矣：--ah, 語尾助詞，表示即將完成、完成或新事實發生。
[22] 漢草：hàn-tsháu, 體格、塊頭、身材。
[23] 生做：sinn-tsuè, 長得。
[24] 閣：koh, 又、再加上。
[25] 細漢：sè-hàn, 小時候。
[26] in：第三人稱所有格，他的。
[27] 伊：i, 他、她、牠、它，第三人稱單數代名詞。
[28] 後擺：āu-pái, 以後。

厝--裡[31]佳哉[32]田作少，若娶一个較 giám 硬[33]的某[34]，就應付會去--矣。佇彼个[35]農業需要大量人工勞力的時代，查埔囡仔[36]到十四、五歲仔就算大人，愛佮人相放伴[37]挲草[38]、播田[39]、割稻仔，前兩項工課[40]猶免[41]啥氣力，極加[42]是跤手[43]較趖[44]--淡-薄-仔[45] niâ，袂[46]去犯[47]著[48]人

---

29 頭：sit-thâu, 工作。
30 袂堪 -- 得：bē-kham--tit, 不堪 ...、受不了。
31 厝 -- 裡：tshù--nih, 家裡。
32 哉：ka-tsài, 好在、幸虧、幸好。
33 giám 硬：giám-ngī, 硬朗、強壯。
34 某：bóo, 妻子、太太、老婆。
35 彼个：hit ê, 那個。彼：hit, 那。
36 查埔囡仔：tsa-poo gín-á, 男孩子。
37 相放伴：sio-pàng-phuānn, 互相輪換、互相協助。
38 挲草：so-tsháu, 跪在稻田裡以手除草。
39 播田：pòo-tshân, 插秧。
40 工課：khang-khuè, 工作,「功課」的白話音。
41 免：bián, 不必、不用、無須。
42 極加：kik-ke, 最多、頂多。
43 跤手：kha-tshiú, 身手、手腳。
44 趖：sô, 動作緩慢。
45 淡薄仔：tām-po̍h-á, 些許、一些。

嫌，割稻仔就無仝[49]--啊，便若[50]輪著佮伊鬥[51]一kânn[52]欲[53]踏拍[54]粟仔[55]的機器桶[56]，別人著愛[57]加較[58]出力，拖機器桶的時，嘛[59]是攏[60]另外彼个出較濟[61]力。尾手[62]，眞濟人割稻仔欲組班的時，攏無愛予[63]伊份額。

---

[46] 袂：bē，不會。
[47] 犯：huān，冒犯、觸犯。
[48] 著：tio̍h，到，後接動詞補語，表示動作之結果、對象。
[49] 無仝：bô-kâng，不一樣。
[50] 便若：piān-nā，凡是、只要。
[51] 鬥：tàu，湊合、拼湊。
[52] kânn：量詞，計算成雙的單位。
[53] 欲：beh，打算、想要。
[54] 拍：phah，拍打。
[55] 粟仔：tshik-á，稻穀、穀子。
[56] 機器桶：ke-khì-tháng，脫穀機。
[57] 著愛：tio̍h-ài，得。
[58] 加較：ke khah，更爲。
[59] 嘛：mā，也。
[60] 攏：lóng，都。
[61] 濟：tsē，多。
[62] 尾手：bué-tshiú，後來。
[63] 予：hōo，給、讓。

有影[64]是「一枝草一點露」，親像[65]水耳--仔這款[66]體材--的，猶原[67]會娶著四配[68]的家後[69]。彼時別庄有一个查某囡仔[70]，欲[71]二十歲--矣猶做無人[72]愛，毋[73]是有啥物[74]瘸跤[75]破相，人嘛無咧[76]痃勢[77]，精差[78]體格粗兼大跤捗[79]，買無合軀[80]的查某人[81]鞋通穿，在來[82]攏是穿查

---

[64] 有影：ū-iánn, 的確、眞的。
[65] 親像：tshin-tshiūnn, 像是、如同。
[66] 這款：tsit khuán, 這種。款：khuán, 種類、樣式。
[67] 猶原：iû-guân, 仍然、還是、依舊。
[68] 四配：sù-phuè, 相匹配。
[69] 家後：ke-āu, 妻子、妻室。
[70] 查某囡仔：tsa-bóo gín-á, 女孩子。查某：tsa-bóo, 女性。
[71] 欲：beh, 將要、快要。
[72] 做 -- 人：tsò--lâng, 女孩子跟人訂親。
[73] 毋：m̄, 否定詞。
[74] 啥物：siánn-mih, 什麼。
[75] 瘸跤：khuê-kha, 跛腳、瘸子。跤：kha, 腳。
[76] 咧：leh, 表示現狀、長時間如此。
[77] 痃勢：khiap-sì, 醜陋、難看。
[78] 精差：tsing-tsha, 只是；差只差。
[79] 跤捗：kha-pôo, 腳丫子。
[80] 合軀：ha̍h-su, 合身、稱身。

埔人[83]咧穿的 thá-bih 仔[84]。庄跤人[85]欠會作穡[86]的查某人，漢草粗無人會嫌，彼个姑娘上[87]bái 才[88]的是講話大嚨喉空[89]，民間傳講若這款查某囡仔嘛是破格[90]，予人相[91]過五改[92]，千[93]相都袂成，有人報水耳--仔in老爸，tshím[94]看--著就佮意[95]--矣，年中 kuānn 定[96]，末年尾就娶入

81 查某人：tsa-bóo-lâng, 女人。
82 在來：tsāi-lâi, 一向、向來。
83 查埔人：tsa-poo-lâng, 男人。
84 thá-bih 仔：thá-bih-á, 夾腳拖。
85 庄跤人：tsng-kha lâng, 鄉下人。
86 作穡：tsoh-sit , 種田。
87 上：siōng, 最。
88 bái 才：bái-tsâi, 不好、不利。
89 嚨喉空：nâ-âu-khang, 嗓門。
90 破格：phuà-keh, 命理上對命格的負面用語或是罵人說話不得體、烏鴉嘴。
91 相：siòng, 相親；打量、盯視。
92 改：kái, 計算次數的單位。
93 千…都…：sian… to… , 無論怎樣都…，來自日文。
94 tshím：初、剛剛。
95 佮意：kah-ì, 喜歡。
96 kuānn 定：kuānn-tiānn, 訂親。

門。

水耳嫂--仔一个查某人作穡頂兩个查埔人，拄[97]嫁--來欲成個月[98]，有販仔[99]來掠[100]豬，一隻規百斤[101]的豬胚仔[102]，縛[103]大索欲扛起來過秤，豬仔一直躘[104]，閣吼[105]甲[106] kònn-kònn 叫[107]，索仔[108]歹[109]縛。水耳嫂叫眾人閃，手䘼[110]擗[111]--一-下，喝[112]一聲「haih-siooh」，

---

[97] 拄：tú, 才剛、剛。
[98] 成個月：tsiânn kò-gue̍h, 將近一個月。成：tsiânn, 將近、約。
[99] 販仔：huàn-á, 小販、商販。
[100] 掠：lia̍h, 抓、捉。
[101] 規百斤：kui pah kin, 一百斤左右。
[102] 豬胚仔：ti-phue-á, 斷奶的小豬。
[103] 縛：pa̍k, 綁。
[104] 躘：liòng, 掙扎。
[105] 吼：háu, 哭。
[106] 甲：kah, 到，到……的程度。
[107] kònn-kònn 叫：kònn-kònn-kiò, 豬叫聲。
[108] 索仔：soh-á, 繩子。
[109] 歹：pháinn, 不容易、難。
[110] 手䘼：tshiú-ńg, 袖子。
[111] 擗：pih, 挽、捲起袖子或褲管。

家己[113]共豬仔夯[114]--起-來，邊--仔[115]的人才緊[116]索仔縛好勢[117]。庄內人 hán 講[118]水耳--仔娶著這个勇某，穩苦--的，哪知，這个查某雖罔[119]性地[120]無好，對翁婿[121]閣真溫馴，矮仔翁[122]講東就東，講一是一，袂佮伊 kėh-ko[123]。有一擺[124]，眾人佇土地公廟跤[125]的老榕仔邊畫虎 lān[126]，Ku-lí--仔笑水耳--仔無路用[127]，舊年[128]割

---

112 喝：huah, 吆喝、喊叫。

113 家己：ka-tī, 自己。

114 夯：giâ, 扛。

115 邊 -- 仔：pinn--á, 旁邊。

116 緊：kín, 趕快、迅速。

117 好勢：hó-sè, 妥當。

118 hán 講：hán-kóng, 傳言。

119 雖罔：sui-bóng, 雖然。

120 性地：sìng-tē, 性情、脾氣。

121 翁婿：ang-sài, 夫婿、丈夫。

122 翁：ang, 夫婿、丈夫。

123 kėh-ko：唱反調。

124 擺：pái, 次，計算次數的單位。

125 土地公廟跤：thóo-tī-kong-biō kha, 土地公廟下。跤：kha, 東西的下部。

126 畫虎 lān：uē-hóo-lān, 瞎扯、吹噓、臭蓋。

稻仔夯粟包，無兩逝[129]就軟跤--去。話傳去到水耳嫂的耳空[130]，彼陣[131]伊當咧[132]掘菜園，鋤頭袂赴[133]放，傱[134]去揣[135] Ku-lí--仔，那[136]走[137]鋤頭頂頭[138]牢[139]的塗[140]閣[141]那落[142]。Ku-lí--仔拄佇門口埕[143]咧[144]夯石磟[145]，看著水耳嫂--仔來，

---

[127] 路用：lōo-iōng, 用處、作用、功用。
[128] 舊年：kū-nî, 去年。
[129] 逝：tsuā, 趟。
[130] 耳空：hīnn-khang, 耳朵。
[131] 彼陣：hit-tsūn, 那時候。
[132] 當咧：tng-teh, 正在。
[133] 袂赴：bē-hù, 來不及。
[134] 傱：tsông, 無暇他顧地奔跑。
[135] 揣：tshuē, 找、探訪。
[136] 那……那……：ná…… ná……，一邊……一邊……。
[137] 走：tsáu, 跑。
[138] 頂頭：tíng-thâu, 上面、上頭。
[139] 牢：tiâu, 附著。
[140] 塗：thôo, 泥土。
[141] 閣：koh, 還、仍然。
[142] 落：lak, 掉落。
[143] 門口埕：mn̂g-kháu-tiânn, 前庭、前院。
[144] 咧：leh, 表示進行中。
[145] 石磟：tsio̍h-lia̍k, 磟碡，石頭鑿磨的圓形輪子。

笑笑問講：

「水耳嫂--仔，罕行[146]。」

這个刺[147]查某無話無句[148]，鋤頭放掉，孤手共兩粒四十斤的石礙捾[149]懸[150]閣頓[151]落[152]塗[153]，干焦看著塗跤[154]塌[155]一空[156]，Ku-lí--仔一支喙[157]仔開開，毋敢加[158]話，直會失禮[159]坐不是[160]。水耳嫂--仔自頭到尾無講甲半句話，鋤

146 罕行：hán-kiânn, 很少來、稀客。
147 刺：tshiah, 凶悍。
148 無話無句：bô-uē-bô-kù, 不發一語。
149 捾：kuānn, 提、拎。
150 懸：kuân, 高。
151 頓：tǹg, (鈍物)撞擊平面。
152 落：lo̍h, 下降。
153 塗：thôo, 地。
154 塗跤：thôo-kha, 地面、地上。
155 塌：lap, 凹陷。
156 空：khang, 孔、洞。
157 喙：tshuì, 嘴。
158 加：ke, 多。
159 會失禮：huē sit-lé, 賠禮、道歉、賠罪。
160 坐不是：tshē put-sī, 賠不是。

頭攑[161]--咧[162]，閣轉去[163]掘菜園，自按呢[164]，通[165]庄無人敢閣凊彩[166]譬相[167]水耳--仔。

我對水耳叔--仔的印象袂 bái[168]，伊捌[169]搪著[170]我，問我是啥人[171]的囝[172]，閣出十三加二十四是偌濟[173]這款的算數予我答，若加了無重耽[174]，會賞我一粒楊桃抑是柑仔[175]做獎勵。自細漢，佇庄--裡我就予[176]人

---

161 攑：giah, 拿。
162 -- 咧：--leh, 表示略微處理，固定輕聲變調。
163 轉去：tńg-khì, 回去。
164 自按呢：tsū-án-ni, 從此、就此。
165 通：thong, 所有的、全部的。
166 凊彩：tshìn-tshái, 隨便。
167 譬相：phì-siùnn, 挖苦、奚落、諷刺。
168 袂 bái：bē-bái, 不錯、不壞。
169 捌：bat, 曾。
170 搪著：tn̄g-tio̍h, 遇到。
171 啥人：siánn-lâng, 誰、什麼人。
172 囝：kiánn, 兒子。
173 偌濟：juā-tsē, 多少。
174 重耽：tîng-tânn, 差錯、出入。
175 柑仔：kam-á, 橘子。
176 予：hōo, 被、讓。

呵咾[177]講是「巧[178]囡仔[179]」，定定[180]有人出算數抑是簡單的謎猜予我臆[181]，有時，我嘛會假臆了毋著[182]--去，對方會眞歡喜，考倒這个予人稱呼做「天才」的囡仔是眞煬[183]的代誌，了後[184]閣出另外一題予我算，這擺我就無細膩[185]共算--出-來-矣。水耳叔--仔佮別人仝款[186]，若考倒我一半擺仔[187]就會四界[188]去展[189]予人知。

水耳--仔娶著好某，三頓[190]款[191]燒燒，衫

---

[177] 呵咾：o-ló, 讚美。
[178] 巧：khiáu, 聰明伶俐。
[179] 囡仔：gín-á, 小孩子。
[180] 定定：tiānn-tiānn, 常常。
[181] 臆：ioh, 猜測。
[182] 毋著：m̄-tio̍h, 不對、錯誤。
[183] 煬：iāng, 神氣、趾高氣昂、揚揚得意。
[184] 了後：liáu-āu, 之後。
[185] 無細膩：bô-sè-jī, 不小心。
[186] 仝款：kāng-khuán, 一樣。
[187] 一半擺仔：tsi̍t puànn pái-á, 偶爾。
[188] 四界：sì-kuè, 四處、到處。
[189] 展：tián, 炫耀、誇耀。
[190] 三頓：sann tǹg, 三餐。

褲[192]穿俏俏[193]，食好做輕可[194]，粗重--的攏予 in 某搶去做，變通庄上好命的查埔人，有人講「食有一頓燒，就會想欲[195] tshio[196]」，一粒 hái-kat 仔頭[197]吹甲金爍爍[198]，四界去風騷，無偌久[199]，就聽講[200]結著一个夥計[201]。水耳嫂有聽著風聲，伊也無欲拆破面[202]，共 in 翁拍生驚[203]，講是想欲共草厝[204]翻[205]瓦厝[206]，欠錢

---

191 款：khuán, 整理、收拾。

192 衫褲：sann-khòo, 衣服、衣裳、衣褲。

193 俏俏：tshio-tshio, 光艷亮麗、拉風。

194 食好做輕可：tsia̍h hó tsò khin-khó, 吃香喝辣。輕可：khin-khó, 輕鬆。

195 想欲：siūnn-beh, 想要。

196 tshio：發情、好色。

197 hái-kat 仔頭：hái-kat-á-thâu, 西裝頭。

198 金爍爍：kim-sih-sih, 金光閃閃、閃閃發亮。

199 無偌久：bô juā kú, 沒多久。

200 聽講：thiann-kóng, 聽說、據說。

201 夥計：hué-kì, 姘婦、情婦。

202 拆破面：thiah-phuà bīn, 撕破臉。面：bīn, 臉。

203 拍生驚：phah-tshinn-kiann, 使受驚。

204 草厝：tsháu-tshù, 茅屋。

205 翻：huan, 翻修。

用，去蓄[207]一擔雜貨，叫伊擔去庄頭[208]路尾四界喝賣[209]，按呢較袂食飽傷[210]閒 luā-luā 趖[211]，惹風波。我所會記--得[212]，伊賣點燈火用的番仔油[213]、洗衫的 sòo-tah[214]佮糖仔餅仔這款囡仔喙食物[215]。彼時[216]，阮[217]庄猶無牽電火[218]，番仔油是家家戶戶日常生活定著[219]愛用--的；洗衫[220]嘛無茶箍[221]、suat-bûn[222]、洗衫粉，有人用

---

206 瓦厝：hiā-tshù, 瓦房。

207 蓄：hak, 添置、購置, 買金額較高之物。

208 庄頭：tsng-thâu, 村子、村落。

209 喝賣：huah-bē, 叫賣。

210 傷：siunn, 太、過於。

211 luā-luā 趖：luā-luā-sô, 遊蕩。

212 會記得：ē-kì--tit, 記得。

213 番仔油：huan-á-iû, 煤油。

214 sòo-tah：蘇打。

215 喙食物：tshuì-tsia̍h-mi̍h, 食物。

216 彼時：hit-sî, 當時、那時候。

217 阮：guán, 我們, 不包括聽話者；我的, 第一人稱所有格。

218 電火：tiān-hué, 電燈。

219 定著：tiānn-tio̍h, 必定、一定、肯定。

220 洗衫：sé-sann, 洗衣服。

ba-bui子[223]洗，用sòo-tah--的較濟。

我四歲半欲五歲彼跤 tȧh 仔[224]，阮兜[225]有一luȧh [226]田改種醃瓜，糴子[227]的時，有去濫[228]著梨仔瓜[229]子，醃瓜園有時仔會揣著梨仔瓜，阮i--仔[230]去薅[231]瓜仔草的時，我興[232]綴[233]伊去罔[234]巡看有梨仔瓜通食--無[235]。我是大孫，阿公惜[236]--我，專工去買一頂匏桸[237]觳仔[238]予我

---

221 茶箍：tê-khoo, 肥皂。

222 suat-bûn：肥皂。

223 ba-bui 子：ba-bui-tsí, 無患子。

224 跤 tȧh 仔：kha-tȧh-á, 附近、左右。

225 兜：tau, 家。

226 luȧh：計算細長物體的單位。

227 糴子：tiȧh tsí, 買種子。糴：tiȧh, 買進米糧。

228 濫：lām, 參雜、混合。

229 梨仔瓜：lâi-á-kue, 香瓜。

230 i-- 仔：i--á, 平埔族稱呼母親的用語。

231 薅：khau, 拔除。

232 興：hìng, 喜好、喜歡。

233 綴：tuè, 跟隨。

234 罔：bóng, 姑且、不妨。

235 -- 無：--bô, 置於句尾，表示疑問語氣。

236 惜：sioh, 愛惜、疼愛。

戴出門。彼[239]是我頭擺[240]去到田--裡，逐[241]項物件[242]我攏感覺眞好玄[243]，i--仔便若伊捌[244]的花草樹叢，攏會教予我知，我猶會記得頭擺佇田頭的溝仔看著水雞仔[245]，笑甲 giōng 欲[246]跋跋--倒[247]。在來，我所知的水雞攏是較大隻--的，無老仔[248]嘛著[249]thûn 仔[250]，大人才會掠轉來[251]煮湯，彼陣看著 thngh-thngh 隻仔[252]的水雞仔

---

[237] 匏桸：pû-hia, 葫蘆瓢。

[238] 觳仔：khok-á, 杓子。

[239] 彼：he, 那個。

[240] 頭擺：thâu-pái, 第一次。

[241] 逐：ta̍k, 每一。

[242] 物件：mi̍h-kiānn, 東西。

[243] 好玄：hònn-hiân, 好奇。

[244] 捌：bat, 認識。

[245] 水雞仔：tsuí-ke-á, 小青蛙。

[246] giōng 欲：giōng-beh, 瀕臨、幾乎要。

[247] 跋 -- 倒：pua̍h--tó, 跌倒摔跤。

[248] 老仔：lāu-á, 最大隻的青蛙。

[249] 著：tio̍h, 得、要、必須。

[250] thûn 仔：thûn-á, 泛指剛斷奶的獸類，此指比「老仔」再小一點的青蛙。

[251] 轉來：tńg-lâi, 回來。

囝[253]，免講嘛會起愛笑[254]。I--仔教我講：

「有親像你遮[255]細漢[256]的囡仔當然就有細[257]隻的水雞仔囝」。

I--仔咧薅草仔的時，我佇邊--仔灌杜伯仔[258]，看著有塗 ìng[259]的所在[260]，塗粉[261]仔掰[262]開，就會揣著一空，用銅管仔[263]貯[264]水共灌--落-去，無蓋[265]久，水面會起漣[266]，講是杜伯仔

---

[252] thngh-thngh 隻仔：極小隻。
[253] 水雞仔囝：tsuí-ke-á-kiánn, 小青蛙。
[254] 起愛笑：khí ài tshiò, 發笑、發噱、忍俊不禁。
[255] 遮：tsiah, 這麼地。
[256] 細漢：sè-hàn, 年幼、小個兒。
[257] 細：sè, 小。
[258] 杜伯仔：tōo-peh-á, 螻蛄。
[259] 塗 ìng：thôo-ìng, 鼴鼠、蚯蚓等鑽土，使得泥土隆起來。
[260] 所在：sóo-tsāi, 地方。
[261] 塗粉：thôo-hún, 泥沙、塵土。
[262] 掰：pué, 撥、扒拉。
[263] 銅管仔：tâng-kóng-á, 鐵罐子。
[264] 貯：té, 裝、盛。
[265] 蓋：kài, 十分、非常。
[266] 漣：lîng, 漣漪。

咧洗面--矣，隨[267]就會看著兩枝鬚伸--出-來，按呢就掠--著-矣。有時我會去掠金龜[268]，當[269]開的番黍[270]花是金龜上愛歇[271]的所在。到欲晝[272]，我嫌熱，吵欲倒--去[273]，i--仔工課做猶未[274]煞[275]，毋甘[276]歇，拄好[277]水耳叔--仔擔貨對[278]田頭仔彼爿[279]過，i--仔提[280]一角銀[281]出--

---

[267] 隨：sûi, 立刻、立即。
[268] 金龜：kim-ku, 金龜子。
[269] 當：tng, 正當某時期。
[270] 番黍：huan-sé, 擬高粱。
[271] 歇：hioh, 休息、停止。
[272] 欲晝：beh-tàu, 將近中午。
[273] 倒 -- 去：tò--khì, 回去。
[274] 猶未：iáu-bē, 還沒。
[275] 煞：suah, 結束、停止。
[276] 毋甘：m̄-kam, 捨不得。
[277] 拄好：tú-hó, 剛好。
[278] 對：uì, 從，由。
[279] 彼爿：hit pîng, 那邊。爿：pîng, 邊、旁。
[280] 提：thėh, 拿。
[281] 一角銀：tsit kak-gîn, 一毛錢。角銀：kak-gîn, 十分之一元。

來，叫我去買含仔糖[282]食。

我一角銀拎[283]佇手--裡，掂掂[284]，心頭眞燒 lo̍h[285]。彼陣的銀角仔[286]有四款，一角--的有兩種，紅銅佮『鎳』做--的；紅銅--的較重，我手提的彼个就是。兩角--的嘛是『鎳』--的，較大个，毋過[287]無價値感。五角--的上有額[288]，正銅--的，眞重。彼是我這世人[289]頭擺用錢，眞歡喜。我那走那喝：

「水耳叔--仔，共[290]你買糖仔！」

水耳叔本底[291]面憂憂[292]，看著我才轉

---

282 含仔糖：kâm-á-thn̂g, 糖果。

283 拎：gīm, 緊握在手中。

284 掂掂：tìm-tìm, 在手裡覺得重重的。

285 燒 lo̍h：sio-lo̍h, 暖和。

286 銀角仔：gîn-kak-á, 硬幣、零錢。

287 毋過：m̄-koh, 不過、但是。

288 有額：ū-gia̍h, 有份量。

289 這世人：tsit-sì-lâng, 這輩子。

290 共：kā, 跟、向。

291 本底：pún-té, 本來、原本。

292 面憂憂：bīn iu-iu, 愁眉苦臉、愁容滿面。

笑[293]，共我的一角收--去，叫我家己揀[294]一粒糖仔，閣吩咐講愛共阮 i--仔講伊有予我一粒含仔糖。我目睭金金[295]看伊矮矮的身影佇日頭跤[296]愈徙[297]愈細--去。

阮i--仔猶咧無閒[298]，看著我喙--裡含一粒糖仔，問我另外彼粒袋[299]佇佗位。我講水耳叔--仔才予我一粒 niâ，阮i--仔眞受氣[300]，講水耳--仔大人大種[301]--矣，煞[302]諞[303]頭擺用著錢的囡仔，眞無一个款[304]。講翻轉工[305]才閣綴來瓜仔

---

293 轉笑：tńg-tshiò, 轉(悲 / 怒)爲喜。
294 揀：kíng , 選擇。
295 目睭金金：ba̍k-tsiu kim-kim, 眼睜睜、眼巴巴望著。
296 日頭跤：ji̍t-thâu kha, 太陽下。
297 徙：suá, 移動、遷移。
298 無閒：bô-îng, 忙碌、沒空、無暇。
299 袋：tē, 把東西裝到袋子裡頭。
300 受氣：siūnn-khì, 生氣、發怒。
301 大人大種：tuā-lâng-tuā-tsíng, 這麼大個人、已經是成年人了(通常用於情緒、行爲像個孩子的成人)。
302 煞：suah, 竟然。
303 諞：pián, 詐騙、設計欺騙。
304 眞無一个款：tsin bô tsit ê khuán, 很不像樣。

園，張等[306]水耳--仔共討彼粒糖仔。

彼暗[307]，我早早就去睏[308]，天猶未光就peh[309]起床，等i--仔 tshuā[310]我去瓜仔園。I--仔講我「悾[311]囝」，欲去園--裡嘛著等伊碗箸[312]洗好，豬菜[313]款好，豬仔飼飽，彼時都八點外[314]--矣，這陣[315]才五、六點 niâ，會使[316]閣去睏。我驚睏過頭，i--仔偷走去園--裡，就守佇灶跤[317]共伊鬥[318]囊[319]草絪[320]入去燃[321]。

---

305 翻轉工：huan-tńg-kang, 隔日、翌日。
306 張等：tng-tán, 守候、等候。
307 彼暗：hit àm, 那晚。
308 睏：khùn, 睡。
309 peh：起身。
310 tshuā：帶領。
311 悾：khong, 傻傻呆呆的。
312 箸：tī, 筷子。
313 豬菜：ti-tshài, 地瓜葉。
314 八點外：peh tiám guā, 八點多。
315 這陣：tsit-tsūn, 這時候。
316 會使：ē-sái, 可以、能夠。
317 灶跤：tsàu-kha, 廚房。
318 鬥：tàu, 幫忙。
319 囊：long, 將細長物裝入。

彼工[322]，水耳叔--仔較早來到田頭仔路，我緊走去揣--伊，i--仔嘛綴後壁[323]逐[324]--來，看著水耳--仔就共伊詈[325]，罵伊不應該術[326]囡仔的錢，明明一角銀會當[327]買兩粒含仔糖，哪會[328]才提一粒予--我 niâ。水耳叔--仔面仔紅記記[329]，一直會失禮，講是伊一時糊塗拂毋著[330]--去會補我一粒。阮i--仔毋放伊干休，叫伊愛誠意--一-下，看按怎[331]賠--我才會使。

水耳叔--仔想想--咧講欲通庄共人請薰[332]

---

320 草絪：tsháu-in, 稻草等捆綁成束，作爲升火用的柴禾。
321 燃：hiânn, 煮、燒(水)。
322 彼工：hit kang, 那一天。工：kang, 天、日。
323 後壁：āu-piah, 後面。
324 逐：jiok, 追趕。
325 詈：lé, 咒罵。
326 術：su̍t, 詐騙、騙取。
327 會當：ē-tàng, 可以。
328 哪會：nah ē, 怎麼會。
329 紅記記：âng-kì-kì, 紅咚咚。
330 拂毋著 hut m̄-tio̍h, 搞錯。
331 按怎：án-tsuánn, 如何。
332 薰：hun, 香菸。

請檳榔，公開會失禮。阮 i--仔煞想歹勢[333]，講免遐[334]工夫[335]，小可仔[336]意思--一-下就好。伊的確[337]欲按呢，講若無[338]，伊一世人[339]日子歹過。

通庄請人食薰佮哺[340]檳榔是眞見笑[341]的代誌，自來[342]有兩種人才著按呢，做賊仔予人掠--著抑是討契兄[343]結夥計出破[344]。水耳叔爲一粒糖仔 niâ，排這款場面，實在有較傷重[345]。翻

333 歹勢：pháinn-sè, 尷尬、難爲情、不好意思。
334 遐：hiah, 那麼。
335 工夫：kang-hu, 周到。
336 小可仔：sió-khuá-á, 稍微。
337 的確：tik-khak, 必定、絕對。
338 若無：nā-bô, 否則、不然。
339 一世人：tsi̍t-sì-lâng, 一輩子。
340 哺：pōo, 咀嚼。
341 見笑：kiàn-siàu, 丟人、丟臉、羞恥、羞愧。
342 自來：tsū-lâi, 向來、從來。
343 討契兄：thó khè-hiann, 偷男子、偷漢子。
344 出破：tshut-phuà, 敗露。
345 傷重：siong-tiōng, 嚴重。

轉工，水耳叔--仔頭犁犁[346]，捧薰佮檳榔踅[347]庄內路，拄著[348]人就共薰佮檳榔恬恬[349]挆[350]予--人，攏無講甲一句話。厝邊[351]問講「水耳--仔是犯著佗[352]一條」，阮 i--仔就共減予我一粒糖仔的代誌講予人知。水耳嫂--仔聽--著了後，干焦笑笑講：

「大人術囡仔，hông[353]罰是應該。」

過兩個月，阮阿爸去隔壁庄共人鬥搭松茸寮仔[354]，轉--來，彼暝[355]欲睏，佮阮阿 i[356]細聲講話，我就睏佇in 身邊，假睏--去，偷聽 in 講，我毋是聽眞有，總--是，知影 in 咧講水耳

346 頭犁犁：thâu lê-lê, 頭低低的。
347 踅：se̍h, 繞。
348 拄著；tú-tio̍h, 碰到、遇到。
349 恬恬：tiām-tiām, 安靜、沉默。
350 挆：tu, 推、塞。
351 厝邊：tshù-pinn, 鄰居。
352 佗：toh, 哪(一)。
353 hông：予人 (hōo lâng) 的合音，被人。
354 寮仔：liâu-á, 小寮屋、工棚。
355 彼暝：hit mî, 那晚。
356 阿 i：a-i, 平埔族稱呼母親的用語。

叔--仔的代誌。伊佇隔壁庄佮一个查某偷來暗去[357]，查某 in 翁毋知按怎煞知影，毋放水耳--仔煞，欲去投[358]水耳--仔 in 某。水耳共人求情，講欲通庄請薰請檳榔，對方講袂使[359]佇這庄請，若無，規庄就攏知--矣，要求伊轉去家己的庄內請。水耳--仔頭殼[360]眞好，利用我頭攏買糖仔毋知行情，減[361]予我一粒，趁機會假會失禮，按呢，對隔壁庄彼爿嘛有一个交代。

我佮阮 i--仔予伊設計--去，閣咧替伊歹勢。

庄內人風評講「水耳--仔做人老實，連術囡仔一粒糖仔都良心袂得過[362]，請薰請檳榔通庄共人會失禮。」我毋才[363]會講是「老實的水耳叔--仔」。✍

---

[357] 偷來暗去：thau-lâi-àm-khì, 暗通款曲。
[358] 投：tâu, 投訴、告狀。
[359] 袂使：bē-sái, 不可以。
[360] 頭殼：thâu-khak, 頭腦、腦袋。
[361] 減：kiám, 少。
[362] 袂得過：bē-tit kuè, 過不去、過意不去。
[363] 毋才：m̄-tsiah, 才。

一人一款[1]命

現代社會有婦女、勞工、殘障、囡仔[2]各種關懷的團體組織，連干焦[3]有老爸抑是[4]老母 niâ[5]這款的囡仔嘛[6]有專門咧[7]關心--的，講是「單親家庭」的關懷組織，照講[8]社會會愈來愈康健才著[9]，哪知問題敢若[10]是煞[11]愈濟[12]，這

---

1 款：khuán, 種類、樣式。
2 囡仔：gín-á, 小孩子。
3 干焦：kan-tann, 只有、僅僅。
4 抑是：iah-sī, 或是。
5 niâ：而已。
6 嘛：mā, 也。
7 咧：leh, 表示現狀、長時間如此。
8 照講：tsiàu-kóng, 照說、按理說。
9 著：tio̍h, 對。
10 敢若：kánn-ná, 好像。
11 煞：suah, 竟然。

應該是資訊發達，社會複雜引起--的。

這篇欲[13]講--的嘛是一个[14]單親家庭的故事，講著[15]一个大人按怎[16]苦心共[17]一陣[18]囡仔拖甲[19]大，一般人的印象是查某人[20]較有法度[21]，毋過[22]阮[23]附近的番仔田彼[24]庄就有一个查埔人[25]含[26]五个囡仔大漢[27]的代誌[28]，有影[29]是

---

[12] 濟：tsē, 多。
[13] 欲：beh, 打算、想要。
[14] 个：ê, 個。
[15] 講著：kóng-tio̍h, 說到。著：tio̍h, 到，後接動詞補語，表示動作之結果、對象。
[16] 按怎：án-tsuánn, 如何。
[17] 共：kā, 把、將。
[18] 陣：tīn, 群。
[19] 甲：kah, 到，到……的程度。
[20] 查某人：tsa-bóo-lâng, 女人。
[21] 法度：huat-tōo, 辦法、法子。
[22] 毋過：m̄-koh, 不過、但是。
[23] 阮：guán, 我們，不包括聽話者。
[24] 彼：hit, 那。
[25] 查埔人：tsa-poo-lâng, 男人。
[26] 含：kânn, 在身邊帶著。

一人一款命，有價值抾[30]來講予[31]世間人知。

若去番仔田庄探聽規[32]庄 siáng[33]上[34]骨力[35]，應該袂少[36]人會承認講是欽--仔，庄跤人[37]生本就骨力，這無啥通[38]呵咾[39]--的，欽--仔會遐[40]骨力有人講是淡薄仔[41]種著[42] in[43]老爸阿田，in 兜[44]土地作[45]五分[46]捅[47]，比--起-來是有

---

27 大漢：tuā-hàn, 長大成人。
28 代誌：tāi-tsì, 事情。
29 有影：ū-iánn, 的確、眞的。
30 抾：khioh, 拾取、撿取。
31 予：hōo, 給。
32 規：kui, 整個。
33 siáng：誰、甚麼人，啥人 (siánn-lâng) 的合音。
34 上：siōng, 最。
35 骨力：kut-la̍t, 努力。
36 袂少：bē-tsió, 不少、相當多。
37 庄跤人：tsng-kha lâng, 鄉下人。
38 通：thang, 可以、能夠。
39 呵咾：o-ló, 讚美。
40 遐：hiah, 那麼。
41 淡薄仔：tām-po̍h-á, 些許、一些。
42 種著：tsíng-tio̍h, 遺傳到。
43 in：第三人稱所有格，他的。

較少，閣[48]有一半是佇[49]崙仔[50]後，水食袂[51]啥會著，規片若[52]沙仔地[53]--咧[54]，干焦會當[55]焦作[56]種寡[57]番薯、塗豆[58]，阿田講甲[59]真著：

「阮[60]老爸就是怨嘆家己[61]留予--我的田

---

[44] 兜：tau, 家。
[45] 作：tsoh, 耕種。
[46] 分：hun, 面積單位「甲」的十分之一，而一甲有二千九百三十四坪，等於零點九七公頃。
[47] 捅：thóng, 餘，數目超過、多出來。
[48] 閣：koh, 另外。
[49] 佇：tī, 在。
[50] 崙仔：lūn-á, 小丘陵、小山丘、山崗。
[51] 袂：bē, 表示不能夠。
[52] 若：ná, 好像、如同。
[53] 沙仔地：sua-á-tē, 沙地。
[54] -- 咧：--leh, 置於句末，用以加強語氣。
[55] 會當：ē-tàng, 可以。
[56] 焦作：ta-tsoh, 旱作。
[57] 寡：kuá, 一些、若干。
[58] 塗豆：thôo-tāu, 落花生。
[59] 講甲：kóng kah, 講得。
[60] 阮：guán, 我的，第一人稱所有格。
[61] 家己：ka-tī, 自己。

傷[62]少，共我叫做阿田，望我看有通[63]加[64]趁[65]--寡，蓄[66]田地傳後代，田作少是現拄現[67]--的，無法度--啦，毋過做雞著筅，做人著反[68]。土地若較勤反--咧，嘛會生較濟物件[69]。」

對作穡人[70]來講，gâu[71]生攏[72]是好--的，毋過阿田會記得[73] in 老爸的交代，為著[74]欲予[75]

---

[62] 傷：siunn, 太、過於。
[63] 有通：ū-thang, 有可能、有得。
[64] 加：ke, 多。
[65] 趁：thàn, 賺。
[66] 蓄：hak, 添置、購置，買金額較高之物。
[67] 現拄現：hiān-tú-hiān, 明明白白、千真萬確。
[68] 做雞著筅，做人著反：tsuè ke tio̍h tshíng, tsuè lâng tio̍h píng, 雞都懂得撥弄沙土才找得到食物，做人為求生存除了勤於工作之外，更要懂得變通。做：tsuè, 當。著：tio̍h, 得、要、必須。筅：tshíng, 撣、翻攪。反：píng, 翻轉、顛覆。
[69] 物件：mi̍h-kiānn, 東西。
[70] 作穡人：tsoh-sit-lâng, 農人。
[71] gâu：善於、易於。
[72] 攏：lóng, 都。
[73] 會記得：ē-kì-tit, 記得。
[74] 為著：ūi-tio̍h, 為了。

下代佮[76]人有一个比並[77]，甘願後生[78]一个就好，按呢[79] in 後生欽--仔會有五分外[80]地，別人雖罔[81]有兩甲，分予四、五个後生了後[82]，得--的無並欽--仔較濟。欽--仔自細漢[83]就聽老爸苦勸，知影[84]愛[85]拚勢[86]做，毋過看人有幾若[87]个兄弟，無論挲草[88]、播田[89]、割稻仔攏免倩工[90]，伊[91]孤跤手[92]拚甲歪腰[93]，閣若搶風趕

[75] 予：hōo, 讓、給。
[76] 佮：kap, 和、與。
[77] 比並：pí-phīng, 比較、比擬。
[78] 後生：hāu-sinn, 兒子。
[79] 按呢：án-ni, án-ne, 這樣、如此。
[80] 五分外：gōo hun guā, 五分多。
[81] 雖罔：sui-bóng, 雖然。
[82] 了後：liáu-āu, 之後。
[83] 細漢：sè-hàn, 小時候。
[84] 知影：tsai-iánn, 知道。
[85] 愛：ài, 要、必須。
[86] 拚勢：piànn-sì, 努力、上勁、賣力。
[87] 幾若：kuí-nā, 許多、好幾。
[88] 挲草：so-tsháu, 跪在稻田裡以手除草。
[89] 播田：pòo-tshân, 插秧。
[90] 倩工：tshiànn-kang, 僱工。倩：tshiànn, 聘僱、僱用。

雨，就操煩穡頭[94]袂赴[95]，倩--人步步[96]著工錢，別人是佮人放伴[97]做，免開[98]甲一仙錢[99]，伊家己的穡[100]都作袂去[101]，欲哪[102]有法度去佮人放伴？到欲[103]娶某[104]的時，就刁工[105]揀[106]較粗勇[107]--的，拄好[108]有人報[109]講塗人厝庄有一个

---

[91] 伊：i, 他、她、牠、它，第三人稱單數代名詞。

[92] 孤跤手：koo-kha-tshiú, 沒有幫手，都要自己來。孤：koo, 單獨。跤手：kha-tshiú, 人員、人手、幫手。

[93] 歪腰：uai-io, 因長時間屈身工作而腰痠挺不直。

[94] 穡頭：sit-thâu, 工作。

[95] 袂赴：bē-hù, 來不及。

[96] 步步：pōo-pōo, 凡事、樣樣。

[97] 放伴：pàng-phuānn, 輪換、輪流。

[98] 開：khai, 花費。

[99] 一仙錢：tsit sián tsînn, 一分錢。仙：sián, 錢的單位，百分之一元。

[100] 穡：sit, 稼穡、農事。

[101] 袂去：bē-khì, 不了、不能勝任，當動詞補語。

[102] 欲哪：beh-nah, 詰問如何。

[103] 欲：beh, 將要、快要。

[104] 娶某：tshuā-bóo, 娶妻、娶親。

[105] 刁工：thiau-kang, 特意。

[106] 揀：kíng , 選擇。

[107] 粗勇：tshoo-ióng, 粗壯。

姑娘，人是無啥痁勢[110]，生張[111]佮漢草[112]攏算中範[113]，精差[114]跤掺[115]有較大，照彼時的講法，毋[116]是致蔭[117]翁婿[118]的好命格。欽--仔去相了[119]，別項無啥斟酌[120]，獨獨[121]佮意[122]姑娘彼粒 mòo-tah[123]，大尻川[124]，馬力有夠強，媒人

108 拄好：tú-hó, 剛好。
109 報：pò, 告知。
110 痁勢：khiap-sì, 醜陋、難看。
111 生張：sinn-tiunn , 長相。
112 漢草：hàn-tsháu, 體格、身材。
113 中範：tiong-pān, 中等。
114 精差：tsing-tsha, 只是；差只差。
115 跤掺：kha-pôo, 腳丫子。
116 毋：m̄, 否定詞。
117 致蔭：tì-ìm, 庇蔭、托庇。
118 翁婿：ang-sài, 夫婿、丈夫。
119 了：liáu, 完了、... 了之後。
120 斟酌：tsim-tsiok, 留意。
121 獨獨：to̍k-to̍k, 唯獨。
122 佮意：kah-ì, 喜歡。
123 mòo-tah：馬達。
124 尻川：kha-tshng, 屁股。

婆--仔講--的，穩[125] gâu 生--的。

珠--仔嫁--來了後，有影無失家己的氣[126]，照生產指數，一年一个，連紲[127]五年生五个，無甲一年閬縫[128]。人講產前補胎，產後做月

[125] 穩：ún, 必定。
[126] 失氣：sit-khuì, 出醜。
[127] 連紲：liân-suà, 連續、接連不斷。
[128] 閬縫：làng-phāng, 空檔、空隙。

內[129]，查某人欲會生第一要緊就是食補，頭上仔[130]就有咧斟酌，二胎嘛順事[131]，紲--落[132]著手--裡抱、後壁[133]偝[134]，閣腹肚[135]內含一个，真忝頭[136]，欲哪有法度閣安胎做月內，到第四胎生了，產婆抾囡仔[137]加[138]真費氣[139]，共[140]欽--仔講毋通[141]閣[142]生--矣[143]，若無[144]，珠--仔身體真損[145]。欽--仔想講[146]四个也算有夠跤手--

---

[129] 做月內：tsò-gue̍h-lāi, 做月子。
[130] 頭上仔：thâu-tsiūnn-á, 頭胎。
[131] 順事：sūn-sū, 平順。
[132] 紲 -- 落：suà--lo̍h, 接著。
[133] 後壁：āu-piah, 後面。
[134] 偝：āinn, 背。
[135] 腹肚：pak-tóo, 肚子。
[136] 忝頭：thiám-thâu, 很累。
[137] 抾囡仔：khioh gín-á, 接生。
[138] 加：ke, 更加。
[139] 費氣：hùi-khì, 費事、費勁。
[140] 共：kā, 跟、向。
[141] 毋通：m̄-thang, 不可以。
[142] 閣：koh, 繼續。
[143] -- 矣：--ah, 語尾助詞，表示完成或新事實發生。
[144] 若無：nā-bô, 否則、不然。

矣，哪知無張無持[147]煞閣[148]發[149]第五个出--來，彼陣[150]醫學技術無遐好，有都[151]有--矣，就予生，產婆抾愿仔囝[152]加眞了[153]跤手，人講生會過是雞酒芳，生袂過就棺柴枋[154]，珠--仔目睭金金人傷重[155]，無神無神親像[156]咧[157]共翁婿會

[145] 損：sún, 有害、損傷。
[146] 想講：siūnn-kóng, 以爲、認爲。
[147] 無張無持：bô-tiunn-bô-tî, 無緣無故、突然。
[148] 閣：koh, 再、又。
[149] 發：puh, 冒出。
[150] 彼陣：hit-tsūn, 那時候。
[151] 都：to, 助詞，表示已然事實。
[152] 愿仔囝：ban-á-kiánn, 么兒。
[153] 了：liáu, 耗費。
[154] 生會過是雞酒芳，生袂過就棺柴枋：sinn ē kuè sī ke-tsiú-phang, sinn buē kuè sī kuann-tshâ-pang, 以前生孩子要冒著生命的危險，平安與否得靠運氣。雞酒：ke-tsiú, 女人做月子時吃的麻油雞。棺柴枋：kuann-tshâ-pang, 棺材板。
[155] 目睭金金人傷重：ba̍k-tsiu kim-kim lâng siong-tiōng, 遇到嚴重無法克服的情況，一籌莫展、無能爲力，眼睜睜的看著事件發生，心裡很難過。目睭：ba̍k-tsiu, 眼睛。
[156] 親像：tshin-tshiūnn, 像是、如同。

失禮[158]，無講無咀[159]就去[160]--矣。

欽--仔一个查埔人作五分外地閣欲顧五个囡仔，有影眞食力[161]，in 阿爸阿田閣少年[162]操過頭，佇做[163]頭擺[164]阿公的時就予[165]人扛去墓崙安歇--矣，老母是人猶[166]好好，精差翁婿傷過[167] gâu [168]，伊干焦三頓顧灶頭[169]，軟跤[170]軟手，極加[171]是鬥[172] tshuā [173]一、兩个囡仔，等

---

157 咧：leh, 表示進行中。
158 會失禮：huē sit-lé, 賠禮、道歉、賠罪。
159 無講無咀：bô-kóng-bô-tànn, 不聲不響。
160 去：khì, 死亡。
161 食力：tsia̍h-la̍t, 吃力。
162 少年：siàu-liân, 年輕。
163 做：tsuè, 成爲。
164 頭擺：thâu-pái, 第一次。
165 予：hōo, 被、讓。
166 猶：iáu, 還。
167 傷過：siunn-kuè, 過於、太。
168 gâu：能幹。
169 灶頭：tsàu-thâu, 爐台。
170 跤：kha, 腳。
171 極加：ki̍k-ke, 最多、頂多。
172 鬥：tàu, 幫忙。

珠--仔去了後，欽--仔去田--裡共五个囡仔攏放予伊顧，無兩年，就驚[174]甲放手綴[175]老翁[176]去較規氣[177]。欽--仔孤一个作穡[178]都[179]咧艱苦--矣，閣無幾年做三擺[180]喪事，蓄棺柴、倩師父唸經，mih--仔 pà--仔[181]，開錢傷重[182]，揹規條債，有想欲閣揣[183]一个後岫[184]，毋過莫[185]講攢[186]無聘金料[187]，附近無查某囡仔[188]肯夯枷[189]

---

[173] tshuā：照顧小孩。
[174] 驚：kiann, 害怕、畏懼、驚嚇。
[175] 綴：tuè, 跟隨。
[176] 翁：ang, 夫婿、丈夫。
[177] 規氣：kui-khì, 乾脆。
[178] 作穡：tsoh-sit , 種田。
[179] 都：to, 語氣副詞，表示強調。
[180] 擺：pái, 次，計算次數的單位。
[181] mih-- 仔 pà-- 仔：mih--á pà--á, 什麼的，貶意。
[182] 傷重：siong-tiōng, 花費很大。
[183] 揣：tshuē, 尋找。
[184] 後岫：āu-siū, 繼室。
[185] 莫：mài, 別、不要。
[186] 攢：tshuân, 準備。
[187] 料：liāu, 費用。
[188] 查某囡仔：tsa-bóo gín-á, 女孩子。

做五个囡仔的後母，無奈 lí 何[190]，家己喙齒筋[191]咬--咧[192]，拚甲烏天暗地。

欽--仔逐工[193]攏透早[194]五點就起--來，先發落[195]豬菜[196]、煮飯、飼[197]牛、共[198]精牲仔[199]換水款[200]料[201]，共囡仔喝[202]起來洗手面[203]，大漢--的[204]佮伊仝款[205]食飯，細漢--的[206]飼米奶[207]，

---

189 夯枷：giâ-kê, 自找苦吃。

190 無奈 lí 何：bô-ta-lí-uâ, 無可奈何。

191 喙齒筋：tshuì-khí-kin, 牙根、牙關。

192 -- 咧：... 著，表示持續狀態。

193 逐工：ta̍k kang, 每天。逐：ta̍k, 每一。工：kang, 天、日。

194 透早：thàu-tsá, 一早、大清早。

195 發落：huat-lo̍h, 料理、打點、打理、張羅。

196 豬菜：ti-tshài, 地瓜葉。

197 飼：tshī, 畜養；餵食。

198 共：kā, 給、幫。

199 精牲仔：tsing-sinn-á, 牲畜、畜生、家禽或家畜。

200 款：khuán, 準備。

201 料：liāu, 草料、飼料。

202 喝：huah, 吆喝、喊叫。

203 洗手面：sé tshiú-bīn, 盥洗。

204 大漢 -- 的：tuā-hàn--ê, 年紀大的。

205 仝款：kāng-khuán, 一樣。

交代大後生 tshuā 兩个小弟佮一个小妹，家己才共屜仔囝揹咧尻脊骿[208]後，牛車頂[209]款家私[210]，去田--裡做早起[211]的工課[212]，到晝[213]，緊[214]拚轉來[215]煮飯，閣發落精牲仔，碗箸[216]洗好，無時間歇晝，就閣去田--裡，家己摸甲日頭落[217]，無看見通做--矣，才甘[218]轉--去[219]，到厝[220]，別个查埔人這時就曲跤[221]等食暗[222]，

206 細漢 -- 的：sè-hàn--ê, 年紀小的。
207 米奶：bí-ling, 米漿。
208 尻脊骿：kha-tsiah-phiann, 背脊、背部。
209 頂：tíng, 上頭。
210 家私：ke-si, 工具、器具、道具。
211 早起：tsái-khí, 早上。
212 工課：khang-khuè, 工作,「功課」的白話音。
213 晝：tàu, 中午。
214 緊：kín, 趕快、迅速。
215 轉來：tńg-lâi, 回來。
216 碗箸：uánn-tī, 碗筷。
217 日頭落：ji̍t-thâu lo̍h, 日落。
218 甘：kam, 捨得。
219 轉 -- 去：tńg--khì, 回去。
220 厝：tshù, 房子、家。
221 曲跤：khiau-kha, 翹起二郎腿。

伊是款人佮精牲的食糧，洗衫仔褲[223]兼共囡仔洗身軀[224]，聽候[225]款離[226]，都也暗--矣，有時仔[227]睏[228]無三點鐘[229]久就閣去田頭仔巡田水，顧水是那[230]顧那盹龜[231]，閣有公所、農會、學校、藥房、廟--裡、厝邊隔壁[232]、親情[233]陪綴[234]的人情世事 li-li khok-khok[235]，攏著伊去，一工的工作量會驚--人[236]。

有一擺，阮庄--裡的阿英--仔去番仔田割

---

[222] 食暗：tsiàh-àm, 吃晚餐。
[223] 衫仔褲：sann-á-khòo, 衣褲。
[224] 洗身軀：sé sing-khu, 洗澡。
[225] 聽候：thìng-hāu, 等待、等候。
[226] 離：lī, 透徹。
[227] 有時仔：ū-sî-á, 有時候。
[228] 睏：khùn, 睡。
[229] 點鐘：tiám-tsing, 小時、鐘頭。
[230] 那……那……：ná…… ná…… ，一邊……一邊……。
[231] 盹龜：tuh-ku, 打磕睡、打盹兒。
[232] 厝邊隔壁：tshù-pinn-keh-piah, 左鄰右舍、街坊鄰居。
[233] 親情：tshin-tsiânn, 親戚。
[234] 陪綴：puê-tuè, 與人來往應酬。
[235] li-li khok-khok：林林總總、雜七雜八。
[236] 驚 -- 人：kiann--lâng, 可怕。

稻仔，規班割到上尾[237]主阿欽 in 兜，頭擺看著查埔人咧擔點心佮中晝頓[238]予工仔食，問--起-來閣[239]是伊家己煮--的，翻轉工[240]，專工[241]去共欽--仔鬥反粟仔，看欲晝[242]--矣，規陣囡仔攏猶無通[243]食，家己去灶跤[244]揣米甕，後壁園仔薅[245]寡菜，煮予囡仔食。欽--仔拄[246]對[247]田--裡摠[248]稻草轉來欲煮晝[249]，看阿英佮四个囡仔咧食--矣，頭擺轉來厝有一頓燒[250]攢便便[251]咧

---

237 上尾：siōng bué, 最後。
238 中晝頓：tiong-tàu-tǹg, 午餐。中晝：tiong-tàu, 中午。
239 閣：koh, 居然。
240 翻轉工：huan-tńg-kang, 隔日、翌日。
241 專工：tsuan-kang, 特地。
242 欲晝：beh-tàu, 將近中午。
243 無通：bô-thang, 不得、沒得。
244 灶跤：tsàu-kha, 廚房。
245 薅：khau, 拔。
246 拄：tú, 才剛。
247 對：uì, 從、由。
248 摠：tsáng, 綁成束。
249 煮晝：tsú tàu, 煮午餐。
250 燒：sio, 熱的食物。
251 攢便便：tshuân piān-piān, 準備得好好的。

等，共尻脊骿偝的囡仔敨[252]--落-來[253]，那飼米奶那流目屎[254]，想著珠--仔在生的日子，雖罔無閒[255]，嘛會料理厝內事，無親像這陣[256]伊愛舞[257]外兼顧內。

阿英本底[258]是嫁去老窯庄，死翁了予大官仔[259]趕轉來後頭厝[260]，伊生做[261]大箍把[262]，面貓[263]貓，真勇[264]，佮珠--仔閣有寡相 siâng[265]，欽--仔看著阿英感慨真深，這也莫怪[266]。隔兩

---

[252] 敨：tháu, 打開、解開。

[253] 落來：lo̍h-lâi, 下來。

[254] 目屎：ba̍k-sái, 眼淚。

[255] 無閒：bô-îng, 忙碌、沒空、無暇。

[256] 這陣：tsit-tsūn, 這時候。

[257] 舞：bú, 緊張而忙碌地做。

[258] 本底：pún-té, 本來、原本。

[259] 大官仔：ta-kuann-á, 公公。

[260] 後頭厝：āu-thâu-tshù, 娘家。

[261] 生做：sinn-tsuè, 長得。

[262] 大箍把：tuā-khoo-pé, 大塊頭、大個子。

[263] 貓：niau, 麻臉。

[264] 勇：ióng, 健壯。

[265] 相 siâng：sio-siâng, 相像、一樣。

[266] 莫怪：bo̍k-kuài, 難怪、怪不得、無怪乎。

工，田攏割離--矣，阿英家己閣來番仔田欽--仔in兜，欽--仔這時當然閣偕囡仔去田--裡，賰[267]四个囡仔看著阿英來，歡喜甲一直叫伊阿姨。這世人[268]，阿英毋捌[269]感覺有人遐需要伊，tshuā[270] in tshit 迌[271]，買四秀仔[272]予 in 食，閣仝款中晝頓煮好，猶未[273]等欽--仔轉--來，就先走[274]--矣。欽--仔看著四个囡仔攏跤手清氣 tam-tam[275]，閣逐个歡頭喜面[276]，講彼个阿姨偌[277]好拄[278]偌好，心肝頭搣一趒[279]，煞有寡向

[267] 賰：tshun, 剩下。
[268] 這世人：tsit-sì-lâng, 這輩子。
[269] 毋捌：m̄ bat, 不曾。
[270] tshuā：帶領。
[271] tshit 迌：tshit-thô, 遊玩。
[272] 四秀仔：sì-siù-á, 零食。
[273] 猶未：iáu-bē, 還沒。
[274] 走：tsáu, 離開。
[275] 清氣 tam-tam：tshing-khì-tam-tam, 非常乾淨。
[276] 歡頭喜面：huann-thâu-hí-bīn, 笑容滿面、喜笑顏開。
[277] 偌：juā, 多麼，表示感嘆。
[278] 拄：tú, 連接兩個形容詞，與「偌」連用
[279] 心肝頭搣一趒：sim-kuann-thâu tshi̍k tsi̍t tiô, 心裡突然跳

望[280]。

閣來[281]的日子，阿英一個月有三、四改[282]會來番仔田，便[283]來攏晝暗款好就走，無佮欽--仔見著面。伊是驚歹勢[284]，庄跤人眞厚[285]閒話，干焦按呢就有人風聲[286]講「阿英咧痟[287]翁，連彼[288]死某[289]含五个囡仔--的都欲」。確實阿英的意思敢是[290]按呢，彼連伊家己嘛毋知。

欽--仔本底生活眞單純，雖罔無閒 tshih-

一下。心肝頭：sim-kuann-thâu, 心裡、心頭。

280 向望：ǹg-bāng, 盼望、企望、想望。

281 閣來：koh-lâi, 再來、後來、接下去。

282 改：kái, 計算次數的單位。

283 便：piān, 凡是、只要。

284 歹勢：pháinn-sè, 尷尬、難爲情、不好意思。

285 厚：kāu, 指抽象或不可數的「多」。

286 風聲：hong-siann, 傳言、流傳、謠言。

287 痟：siáu, 沈迷、瘋某事物。

288 彼：he, 那個。

289 死某：sí-bóo, 斷弦。某：bóo, 妻子、太太、老婆。

290 敢是：kám sī, 難道是、會是、豈是。敢：kám, 疑問副詞，提問問句。

tshih[291]，總--是[292]暗時[293]忝[294]就睏，一暝[295]到天拍殕光[296]，哪知自阿英來了後，煞睏攏袂落眠[297]，日--時[298]閣穡頭眞重，精神眞袂堪--得[299]，落尾手[300]，殘殘[301]去揣媒人婆--仔，央[302]來阮庄--裡講阿英欲做後岫。阿英 in 老爸講查某囝[303]自轉來後頭厝，鬥趁眞濟工錢，一仙一tuh[304]攏交予厝--裡，毋捌家己揜[305]私

---

[291] 無閒 tshih-tshih：非常忙碌。

[292] 總 -- 是：tsóng--sī, 但是、然而。

[293] 暗時：àm-sî, 晚上。

[294] 忝：thiám, 累、疲倦。

[295] 暝：mî, 夜、晚。

[296] 拍殕光：phah-phú-kng, 拂曉。

[297] 落眠：lo̍h-bîn, 入睡、熟睡。

[298] 日 -- 時：ji̍t--sî, 白天。

[299] 袂堪 -- 得：bē-kham--tit, 不堪 ...、受不了。

[300] 落尾手：lo̍h-bué-tshiú, 末了、後來、最後。

[301] 殘殘：tshân-tshân, 果斷、果決地。

[302] 央：iang, 請託、囑託。

[303] 查某囝：tsa-bóo-kiánn, 女兒。

[304] 一仙一 tuh：tsi̍t sián tsi̍t tuh, 一分一毫。仙：sián, 錢的單位, 百分之一元。

[305] 揜：iap, 藏匿。

奇[306]，這時嘛愛考慮查某囝的幸福，對方囡仔遐大拖[307]，阿英若閣生，會忝--死，這毋是好親事，講罔[308]講，猶是愛看阿英家己主意，問阿英，講伊欲考慮。

過幾工，阿英閣去到番仔田，共五个囡仔攏買媠[309]衫，飯煮好，等欽--仔轉--來，做夥[310]食飯的時陣[311]，阿英共欽--仔講：

「媒人婆--仔有來，我有斟酌[312]想--過，我會來共你鬥跤手[313]，毋是 it 著[314]愛欲有一个翁婿，是毋甘[315]這幾个細漢[316]囡仔，食毋成[317]

---

[306] 私奇：sai-khia, 私房錢。
[307] 遐大拖：hiah tuā-thua, 那麼大堆。拖：thua, 堆，表示事物多，與「大」連用。
[308] 罔：bóng, 姑且、不妨。
[309] 媠：suí, 美麗、漂亮。
[310] 做夥：tsò-hué, 一起。
[311] 時陣：sî-tsūn, 時候。
[312] 斟酌：tsim-tsiok, 仔細。
[313] 鬥跤手：tàu-kha-tshiú, 幫忙。
[314] it 著：it-tio̍h, 圖著、顧念、渴望。
[315] 毋甘：m̄-kam, 捨不得。
[316] 細漢：sè-hàn, 年幼。

食，穿甲若監囚[318]--咧，我毋知也就準拄好[319]，較輸[320]都知--矣，欲哪看會過心[321]？你央人來講親情[322]是好意，這我知，毋過愛有翁某[323]緣，我死翁，你死某，這攏是咱[324]無翁某緣，你是欠鬥做工課的跤手，毋是欠某，我嘛是袂過心才來--的，毋是咧欠翁，我想想--咧，這个枷[325]我毋夯[326]，我來鬥相共[327]是做心適興[328]--的 niâ！」

---

317 毋成：m̄-tsiânn, 達不到某標準、算不上。
318 監囚：kann-siû, 囚犯。
319 準拄好：tsún-tú-hó, 當做事情解決、算了。
320 較輸：khah-su, 但是、偏偏。
321 看會過心：khuànn ē kuè-sim, 過意得去。過心：kuè-sim, 安心。
322 講親情：kóng tshin-tsiânn, 提親。
323 翁某：ang-bóo, 夫妻。
324 咱：lán, 我們，包括聽話者。
325 枷：kê, 責任、枷鎖。
326 夯：giâ, 扛。
327 鬥相共：tàu-sann-kāng, 幫忙、幫助、協助。
328 心適興：sim-sik-hìng, 來勁、興之所至。

欽--仔頭犁犁[329]，毋敢應[330]甲一句話，干焦想著苦情目屎湆湆津[331]，滴佇碗--裡，阿英看--著，有寡毋甘，毋過心肝這時無硬袂使--得[332]，準做[333]無看--見，食飽，碗箸洗好，就走--矣。

阿英自按呢[334]無閣來，欽--仔後悔家己傷衝碰[335]，倒[336]佇眠床[337]的時就會怨嘆家己無某命，囡仔有時仔會問講：

「阿姨哪會[338]無欲閣來？」

欽--仔就應講：「伊咧無閒，閣--幾-工-仔就來。」

---

[329] 頭犁犁：thâu lê-lê, 頭低低的。

[330] 應：ìn, 回答、應答。

[331] 湆湆津：tsha̍p-tsha̍p-tin, 不停往下滴。津：tin, 液體滴落。

[332] 袂使 -- 得：bē-sái--tit, 不行、不可以。

[333] 準做：tsún-tsuè, 當成、當做。

[334] 自按呢：tsū-án-ni, 從此、就此。

[335] 衝碰：tshóng-pōng, 莽撞、魯莽。

[336] 倒：tó, 躺。

[337] 眠床：bîn-tshn̂g, 床舖。

[338] 哪會：nah ē, 怎麼會。

總--是，幾擺囝仔一直問，欽--仔愈想愈煩，袂堪得氣[339]，就拍[340]囝仔出水[341]，拍了後，心肝頭嘛凝[342]，生活煞愈來愈無一个款[343]。

阿英--仔食老[344]的時，捌聽人講番仔田彼个欽--仔家己一个查埔人嘛是共囝[345]晟[346]甲大，閣幾个攏真才情，伊干焦講：

「一枝草一點露，一人一款命，拄--著[347]嘛著認命。」✍

---

339 袂堪得氣：bē-kham-tit khì, 氣不過。
340 拍：phah, 打、揍。
341 出水：tshut-tsuí, 出氣、遷怒以洩憤。
342 凝：gîng, 心情鬱結、不樂。
343 無一个款：bô tsit ê khuán, 不像話。
344 食老：tsia̍h-lāu, 到年老的時候。
345 囝：kiánn, 兒女。
346 晟：tshiânn, 養育、照顧。
347 拄 -- 著；tú--tio̍h, 碰到、遇到。

清義--仔選里長

我捌[1]一个朋友，in[2]某[3]較有時間，想講[4]欲[5]服務社區，就出來佮[6]人選里長，較早[7]毋捌[8]插[9]過選舉，無啥經驗，當然落選。阮[10]朋友講較早攏[11]是查埔[12]--的做里長，里長伯--仔變做

[1] 捌：bat, 認識。
[2] in：第三人稱所有格，他的。
[3] 某：bóo, 妻子、太太、老婆。
[4] 想講：siūnn-kóng, 以為、認為。
[5] 欲：beh, 打算、想要。
[6] 佮：kap, 和、與。
[7] 較早：khah-tsá, 以前。
[8] 毋捌：m̄-bat, 不曾。
[9] 插：tshap, 參與。
[10] 阮：guán, 我的，第一人稱所有格。
[11] 攏：lóng, 都。
[12] 查埔：tsa-poo, 男性。

專用詞。這个[13]時代，有真濟[14]有閒時間的查某人[15]，想欲[16]予[17]家己[18]徛起[19]的所在[20]閣較[21]好，若會當[22]做里長，出較有力[23]，里長伯--仔這个詞無啥[24]合[25]時代需要--矣[26]。

阮[27]庄--裡的清義--仔嘛[28]是一个閒人，

---

[13] 个：ê, 個。
[14] 濟：tsē, 多。
[15] 查某人：tsa-bóo-lâng, 女人。
[16] 想欲：siūnn-beh, 想要。
[17] 予：hōo, 讓。
[18] 家己：ka-tī, 自己。
[19] 徛起：khiā-khí, 立足、居住。
[20] 所在：sóo-tsāi, 地方。
[21] 閣較：koh-khah, 更加。
[22] 會當：ē-tàng, 可以。
[23] 有力：ū-la̍t, 有勁、舉足輕重。
[24] 無啥：bô-siánn, 不太。
[25] 合：ha̍h, 合適、契合。
[26] --矣：--ah, 語尾助詞，表示即將完成、完成或新事實發生。
[27] 阮：guán, 我們，不包括聽話者。
[28] 嘛：mā, 也。

照講[29]做里長應該是適當的人選，毋過[30]佇[31]彼[32]个拋荒[33]的年代，里長無月給通[34]領，袂使[35]講是正業的頭路[36]，總--是加減[37]嘛有寡[38]社會地位，在來[39]里長攏是地方的頭兄[40]咧[41]做行情--的。清義--仔是一个這頓食了，後頓桌欲拍[42]佇佗位[43]都毋[44]知的人，哪有可能去佮人選

29 照講：tsiàu-kóng, 照說、按理說。
30 毋過：m̄-koh, 不過、但是。
31 佇：tī, 在。
32 彼：hit, 那。
33 拋荒：pha-hng, 荒蕪。
34 通：thang, 可以、能夠。
35 袂使：bē-sái, 不可以。
36 頭路：thâu-lōo, 職業、工作。
37 加減：ke-kiám, 多多少少。
38 寡：kuá, 一些、若干。
39 在來：tsāi-lâi, 一向、向來。
40 頭兄：thâu-hiann, 頭人、頭頭、首領。
41 咧：leh, 表示現狀、長時間如此。
42 拍：phah, 安排。
43 佗位：toh-ūi, 哪裡。
44 毋：m̄, 否定詞。

啥物[45]里長！

阮彼庄實在眞揜貼[46]，一寡[47]較現代化的物件[48]攏比人較晏[49]有，親像[50]別庄--的有電火[51]幾若[52]年以後阮遐[53]才咧[54]tshāi[55]電火柱仔[56]；我讀國民學校四年的時，暗時仔[57]猶閣[58]捌行[59]半點鐘[60]去別庄看『太空飛鼠』的 bàng-gah[61]。

---

45 啥物：siánn-mih, 什麼。

46 揜貼：iap-thiap, 人煙罕至、隱密、隱蔽。

47 一寡：tsit-kuá, 一些。

48 物件：mih-kiānn, 東西。

49 晏：uànn, 晚、遲。

50 親像：tshin-tshiūnn, 像是、如同。

51 電火：tiān-hué, 電燈。

52 幾若：kuí-nā, 許多、好幾。

53 遐：hia, 那裡。

54 咧：leh, 表示進行中。

55 tshāi：豎立、放置。

56 電火柱仔：tiān-hué-thiāu-á, 電線桿。

57 暗時仔：àm-sî-á, 晚上。

58 猶閣：iáu-koh, 還、依然、仍舊。

59 行：kiânn, 行走。

60 點鐘：tiám-tsing, 小時、鐘頭。

61 bàng-gah：卡通。

我去都市讀初中的時陣[62]，阮規[63]庄猶[64]無人有牽電話，彼陣[65]拄好[66]是台灣工業當[67]興[68]當發展的時代，一列一列的火車共[69]青少年載去都市學師仔[70]、做女工，農村留一寡予[71]土地黏牢[72]--咧[73]走袂開跤[74]的濟歲[75]人，電話變做有緊急代[76]眞需要利用的工具。庄--裡的人捌去問過請[77]一枝電話愛[78]開[79]偌濟[80]錢，電信局--

---

62 時陣：sî-tsūn, 時候。

63 規：kui, 整個。

64 猶：iáu, 還。

65 彼陣：hit-tsūn, 那時候。

66 拄好：tú-hó, 剛好。

67 當：tng, 正當某時期。

68 興：hing, 興盛、盛行。

69 共：kā, 把、將。

70 學師仔：o̍h sai-á, 當學徒。

71 予：hōo, 被。

72 牢：tiâu, 附著。

73 -- 咧：--leh, 置於句末，用以加強語氣。

74 走袂開跤：tsáu-bē-khui-kha, 脫不開身。

75 濟歲：tsē-huè, 年紀大、年老。

76 代：tāi, 事情。

77 請：tshíng, 申請。

的講因爲阮遐猶無線路，愛閣[81]牽電話專用的電纜線，費用眞懸[82]。別庄有人指點，講若做里長，雖罔[83]無月給，毋過政府會補助一枝電話佮一份報紙；報紙是提[84]來包物件好用 niâ[85]，有、無，較無啥要緊，電話就無仝[86]--啊，頭一枝電話牽了，就有電話線--矣，別人欲牽免[87]閣開遐[88]濟。

阮庄攏總[89]幾十戶人 niâ，家己袂當[90]成做[91]

---

78 愛：ài, 要、必須。
79 開：khai, 花費。
80 偌濟：juā-tsē, 多少。
81 閣：koh, 又、再。
82 懸：kuân, 高。
83 雖罔：sui-bóng, 雖然。
84 提：the̍h, 拿。
85 niâ：而已。
86 無仝：bô-kâng, 不一樣。
87 免：bián, 不必、不用、無須。
88 遐：hiah, 那麼。
89 攏總：lóng-tsóng, 全部。
90 袂當：bē-tàng, 不能、不可以。
91 成做：tsiânn-tsò, 成爲。

一里，是佮附近的橋仔頭合做[92]「原斗里」，遐是就近幾个庄頭[93]買物[94]的街市，算眞交易[95]，人口數加[96]阮幾若倍，里長當然攏是蹛[97]遐的人咧做。庄--裡的人佇土地公廟仔開會，決定欲競選這屆的里長，庄跤人[98]嘛有 in[99]的撇步[100]，in 擬定幾个作戰辦法，第一，先探聽看這屆街--裡[101]是 siáng[102]欲做；在來這里的里長攏是用講--的，毋捌眞正選--過，就是這陣[103]講的「協調」。第二，發動庄民共[104]街--裡有生

---

[92] 做：tsò, 爲。
[93] 庄頭：tsng-thâu, 村子、村落。
[94] 買物：bé-mih, 購物。
[95] 交易：ka-iåh, 熱絡、熱鬧之意。
[96] 加：ke, 多。
[97] 蹛：tuà, 住。
[98] 庄跤人：tsng-kha-lâng, 鄉下人。
[99] in：他們。
[100] 撇步：phiat-pōo, 妙招、高招。
[101] 街 -- 裡：ke--nih, 市內。
[102] siáng：誰、甚麼人，啥人 (siánn-lâng) 的合音。
[103] 這陣：tsit-tsūn, 這時候。
[104] 共：kā, 跟、向。

理[105]關係--的拜託兼威脅，講若無支持庄--裡的候選人，後擺[106]就無欲共 in 交關[107]。第三，用哀求--的，懇求街--裡的頭人講阮需要電話，干焦[108]欲做一任里長 niâ，相信一定會得著[109]人[110]的同情。庄民感覺若照按呢[111]做，過無偌久[112]，庄內就會有電話--矣。親像故事咧講--的，鳥鼠仔[113]開會講欲共[114]貓仔掛玲瑯仔[115]，毋過欲派 siáng 去掛，也就是講「siáng 欲出來做里長」？

原本無人會去想著[116]清義--仔，水耳嬸--

105 生理：sing-lí, 生意。
106 後擺：āu-pái, 以後。
107 交關：kau-kuan, 光顧、購買、交易。
108 干焦：kan-tann, 只有、僅僅。
109 得著：tit-tio̍h, 得到。
110 人：lâng, 指他人。
111 按呢：án-ni, án-ne, 這樣、如此。
112 無偌久：bô juā kú, 沒多久。
113 鳥鼠仔：niáu-tshí-á, 老鼠。
114 共：kā, 給。
115 玲瑯仔：lin-long-á, 鈴鐺。
116 想著：siūnn-tio̍h, 想到。著：tio̍h, 到，後接動詞補語，

仔講話上[117]大聲，毋是伊[118]較歹[119]，伊本底[120]就是大嚨喉空[121]--的，閣 in 大查某囝[122]佇板橋蹛[123]紡織工廠，二查某囝佇台中學車衫[124]，細漢[125]查某囝佇高雄加工區做女工，攏真需要用電話佮厝--裡[126]連絡。人講若按呢，無[127]，就水耳--仔出來選里長，橫直[128]伊娶著 gâu[129]的某，規工[130]閒仙仙[131]，做里長上合軀[132]。水

表示動作之結果、對象。

117 上：siōng, 最。

118 伊：i, 她、他、牠、它，第三人稱單數代名詞。

119 歹：pháinn, 兇。

120 本底：pún-té, 本來、原本。

121 嚨喉空：nâ-âu-khang, 嗓門。

122 查某囝：tsa-bóo-kiánn, 女兒。

123 蹛：tuà, 受雇於、在 ... 就職。

124 車衫：tshia sann, 縫衣服，指裁縫。

125 細漢：sè-hàn, 年紀小。

126 厝 -- 裡：tshù--nih, 家裡。

127 無：bô, 不然的話。

128 橫直：huâinn-tit, 反正。

129 gâu：能幹。

130 規工：kui-kang, 整天。規：kui, 整個。工：kang, 天、日。

耳--仔是無反對，毋過 in 某絕對毋肯，講水耳--仔毋是彼款[133]跤數[134]，會誤著眾人的公事。逐[135]个攏心肝內[136]有數，伊是驚[137]in 翁[138]彼款「食有一頓燒就會想欲 tshio[139]」的老症頭閣夯[140]--起-來，到時凡勢[141]毋是清彩[142]閣請一下檳榔薰[143]就會解決--矣。另外閣考慮痟[144]德--仔、戇[145]清--仔、阿文--哥……，攏驚去影響著

131 閒仙仙：îng-sian-sian, 悠閒、清閒、悠哉遊哉。
132 合軀：ha̍h-su, 稱身、合身。
133 彼款：hit khuán, 那種。款：khuán, 種類、樣式。
134 跤數：kha-siàu, 角色、傢伙；有輕蔑、看不起、藐視的意味存在。
135 逐：ta̍k, 每一。
136 心肝內：sim-kuann-lāi, 心中、內心。
137 驚：kiann, 害怕、擔心。
138 翁：ang, 夫婿、丈夫。
139 tshio：發情、好色。
140 夯：giâ, 發作。
141 凡勢：huān-sè, 也許、說不定。
142 清彩：tshìn-tshái, 隨便。
143 薰：hun, 香菸。
144 痟：siáu, 瘋癲、瘋狂。
145 戇：gōng, 傻、呆。

in 作穡[146]，無人肯出來選。清義--仔毋是咧佮人開會，伊拄好倒[147]佇廟邊的樹仔跤[148]咧唔唔睏[149]，雄雄[150]狗蟻[151]爬入伊的鼻空[152]，拍一下咳啾[153]，逐个才注意著伊，有影[154]，伊無田無園，四界[155]做散工仔[156]，有人死，就去做土公仔[157]扛大厝[158]趁[159]一頓腥臊[160]兼三角肉，有人

146 作穡：tsoh-sit , 種田。
147 倒：tó, 躺。
148 樹仔跤：tshiū-á kha, 樹下。
149 唔唔睏：onn-ónn-khùn, 睡覺。
150 雄雄：hiông-hiông, 突然間、猛然。
151 狗蟻：káu-hiā, 螞蟻。
152 鼻空：phīnn-khang, 鼻孔。
153 拍咳啾：phah-ka-tshiùnn, 打噴嚏。
154 有影：ū-iánn, 的確、真的。
155 四界：sì-kuè, 四處、到處。
156 做散工仔：tsò suànn-kang-á, 打零工。
157 土公仔：thóo-kong-á, 杠人、槓夫、出葬時抬運棺木的人。
158 大厝：tuā-tshù, 棺材。
159 趁：thàn, 賺。
160 腥臊：tshinn-tshau, 豐盛餐食、菜色豐盛。

kuānn 定[161]就鬥[162]扛 siānn[163]，有人起厝[164]欠臨時塗水工[165]嘛去，這款人無去做里長有影是拍損[166]人才。

拄[167]聽著人講欲叫伊選里長，清義--仔先品[168]講：

「做啥物攏無要緊，毋過做一工欲予[169]我偌濟愛先講詳細，後擺才袂[170]起花[171]。」

尾--仔[172]伊知影[173]做里長無錢，干焦有配

---

[161] kuānn 定：kuānn-tiānn, 訂親。
[162] 鬥：tàu, 幫忙。
[163] siānn：結婚或祝壽時裝運禮物由雙人抬的長方形大木箱, 放禮物之木盒或箱子。
[164] 起厝：khí-tshù, 蓋房子。
[165] 塗水工：thôo-tsuí-kang, 泥水工。
[166] 拍損：phah-sńg, 可惜、浪費。
[167] 拄：tú, 才剛、剛。
[168] 品：phín, 事先約定好。
[169] 予：hōo, 給。
[170] 袂：bē, 不會。
[171] 起花：khí-hue, 耍賴。
[172] 尾 -- 仔：bué--á, 後來。
[173] 知影：tsai-iánn, 知道。

電話佮報紙，伊講：

「食飯會使[174]配話，敢[175]會使配電話？我三頓都食袂[176]飽--矣，生食都無夠欲哪[177]有冗剩[178]物通曝乾[179]兼豉鹹[180]？報紙是欲予我包啥物？」

眾人爲欲有電話，一直共勸，千[181]講都袂翻車[182]，㾀德--仔講話生本[183]就㾀㾀，規氣[184]共伊練㾀話[185]，講：

「恁[186]阿爸較早共你號名[187]清義，就是講

---

[174] 會使：ē-sái, 可以、能夠。
[175] 敢：kám, 疑問副詞，提問問句。
[176] 袂：bē, 表示不能夠。
[177] 欲哪：beh-nah, 詰問如何。
[178] 冗剩：liōng-siōng, 充裕。
[179] 曝乾：pha̍k-kuann, 晒成干。
[180] 豉鹹：sīnn-kiâm, 用鹽醃漬。
[181] 千…都…：sian… to… ，無論怎樣都…，來自日文。
[182] 翻車：huan-tshia, 省悟、醒悟。
[183] 生本：sinn-pún, 本來、原本。
[184] 規氣：kui-khì, 乾脆。
[185] 練㾀話：liān-siáu-uē, 說瘋話、搞笑。
[186] 恁：lín, 你的、你們的，第二人稱所有格。

你做人眞清閣有義理，你清是有影清，清甲[188]連生活都[189]困難，講著義理，你……」

「我義理按怎[190]？」清義--仔接喙[191]問：「敢講我毋捌[192]人情義理？」

「你的名有義是無毋著[193]，毋過這个理就是你無做里長，毋才[194]講你欠義里，枉屈[195]恁老爸號[196]這个好名。」德--仔按呢共伊解說。

「做里長就有義理……」清義--仔想想--咧[197]講：「義理也袂當做[198]飯食，我看猶是

---

187 號名：hō-miâ, 取名字。
188 甲：kah, 到，到……的程度。
189 都：to, 表示強調。
190 按怎：án-tsuánn, 如何。
191 接喙：tsiap-tshuì, 接口、搭腔。
192 毋捌：m̄-bat, 不懂。
193 無毋著：bô m̄-tio̍h, 沒有錯。
194 毋才：m̄-tsiah, 才。
195 枉屈：óng-khut, 枉費。
196 號：hō, 取名。
197 -- 咧：--leh, 表示略微處理，固定輕聲變調。
198 做：tsò, 當做。

莫[199]，寧可我有死人加減扛較實在。」

清--仔厝--裡嘛有囡仔[200]佇北部，早就想欲有電話，in 某才會先佮庄--裡眾人參詳愛予清義--仔一寡利頭[201]。庄--裡也無閣有啥人[202]肯做里長，就開一个條件，共清義--仔講：

「你也免驚三頓無通[203]食，做里長了後[204]，就是管--阮的官，阮應該愛飼[205]--你，阮規庄照輪[206]，你一頓食一口灶[207]，敢無比扛大厝較贏？庄--裡嘛無講定定[208]有人死，你若下願[209]人死嘛是歹心毒行[210]，你想看覓[211]--

---

199 莫：mài, 不要。
200 囡仔：gín-á, 小孩子。
201 利頭：lī-thâu, 賺頭。
202 啥人：siánn-lâng, 誰、什麼人。
203 無通：bô-thang, 沒得。
204 了後：liáu-āu, 之後。
205 飼：tshī, 奉養。
206 照輪：tsiàu-lûn, 輪流。
207 口灶：kháu-tsàu, 戶、家。
208 定定：tiānn-tiānn, 常常。
209 下願：hē-guān, 發願、祈願。
210 歹心毒行：pháinn-sim-to̍k-hīng, 心地惡毒。

咧。」

世間敢有比這較好的代誌[212]？予人姑情[213]出來選里長免開甲半仙[214]錢--無-打-緊，閣三頓攏有人款待，清義--仔這世人[215]毋捌遐好空[216]--過，心肝內明明眞歡喜，猶是假無意[217]，勉強答應。

經過探聽了後，橋仔頭人這屆的里長人選是礦油行和先[218]--的in後生[219]，拄對[220]都市轉--來[221]，有讀過工專，是地方栽培未來欲做縣議員的青年。和先--的做過三屆里長兼兩任鎮民

---

211 看覓：khuànn-māi, 看看。
212 代誌：tāi-tsì, 事情。
213 姑情：koo-tsiânn，懇求。
214 半仙：puànn sián, 半分錢。仙：sián, 錢的單位，百分之一元。
215 這世人：tsit-sì-lâng, 這輩子。
216 好空：hó-khang, 好處、搞頭。
217 假無意：ké-bô-ì, 明明在意卻裝成不在乎。
218 先：sian, 對從事某些行業或特定身份者的稱謂。
219 後生：hāu-sinn, 兒子。
220 對：uì, 從、由。
221 轉 -- 來：tńg--lâi, 回來。

代表，縣議員落選了後就無插政治，向望[222]這个後生會當爲伊出氣--一-下，才會用里長做初步的舞臺。庄--裡的人去姑情和先--的講這擺[223]讓阮做--一-下，電話線牽--落[224]，後任就閣還in做。和先--的講伊俗事不插，愛直接佮少年人參詳[225]。In後生煞[226]應[227]講：

「恁[228]干焦爲著[229]電話省淡薄仔[230]錢 niâ，我是爲咱[231]地方建設咧考慮--的，這屆我若無做里長，就閣延四年，按呢敢有理！選舉是民主制度，毋是我規定--的，若有法度[232]恁家己

---

222 向望：ǹg-bāng, 盼望、企望、想望。
223 擺：pái, 次, 計算次數的單位。
224 落：lȯh, 表示開始、進行、繼續。
225 參詳：tsham-siông, 商量、磋商。
226 煞：suah, 竟然。
227 應：ìn, 回答、應答。
228 恁：lín, 你們。
229 爲著：ūi-tiȯh, 爲了。
230 淡薄仔：tām-pȯh-á, 些許、一些。
231 咱：lán, 我們, 包括聽話者。
232 法度：huat-tōo, 辦法、法子。

做一里，若無[233]，就是愛佮我競選。」

話講到遮[234]，就做[235]伊入--去[236]。做夥[237]去姑情--伊的四、五个人看這个少年人遐苛頭[238]，也真受氣[239]，感覺是都市欲食散[240]庄，這聲[241]無佮伊拚，這庄就會予人看無目地[242]，無選袂使--矣。

在來里長選舉攏干焦一个候選人 niâ，投票率定著[243]低，庄--裡想講阮人雖罔有較少，毋過若逐个攏去頓票[244]，啊in橋仔頭人大部分

233 若無：nā-bô, 否則、不然。
234 遮：tsia, 這裡。
235 做：tsò, 自顧。
236 入 -- 去：ji̍p--khì, 進去。
237 做夥：tsò-hué, 一起。
238 苛頭：khô-thâu, 冷漠、苛刻。
239 受氣：siūnn-khì, 生氣、發怒。
240 散：sàn, 貧困。
241 這聲：tsit-siann, 這下子、這一回。
242 看無目地：khuànn bô ba̍k-tē, 瞧不起、看不起。
243 定著：tiānn-tio̍h, 必定、一定、肯定。
244 頓票：tǹg phiò, 投票。頓：tǹg, 圈選、蓋章。

攏袂去投票，閣有的生理人[245]會予姑情--得，選--起-來嘛毋是一定輸，就替清義辦手續登記正式做候選人。

這擺是竹圍仔開庄以來，頭一擺的庄民大團結，共有投票權的囡仔攏吩咐好勢[246]，叫 in 無論按怎攏一定愛轉來投票，一票都袂堪得[247]拍交落[248]--去。去街--裡買物件攏閣特別共頭家[249]交代，嘛有人佮街--裡人有親情[250]關係--的，就去運動關係，無宣傳車、無印宣傳品，嘛無啥物演講會，横直逐戶攏是熟似人[251]，閣眞正有寡選戰的氣氛。

彼工開票嘛眞緊張，兩个煞五分五分，這庄有選舉權--的是一百四十二人，若閣加橋

245 生理人：sing-lí-lâng, 商人、生意人。
246 好勢：hó-sè, 妥當。
247 袂堪得：bē-kham-tit, 不堪 ...、受不了。
248 拍交落：phah-ka-la̍uh, 遺落、丟掉。
249 頭家：thâu-ke, 老闆。
250 親情：tshin-tsiânn, 親戚。
251 熟似人：sik-sāi-lâng, 熟人。

仔頭人的人情佮同情票，應該毋但[252]按呢，開始的時，票數差不多，一直到最後賰[253]一票猶未[254]開的時是一百四十一票對一百四十一票，干焦庄內人就有一百四十二票--矣，這聲穩贏，哪知最後這票煞講是廢票，兩爿[255]平[256]票。照選舉辦法規定兩爿平票著愛[257]用抽鬮仔[258]，拚氣運。

庄--裡有的唸「阿彌陀佛」，有的是「a-mén」--的，攏替清義--仔的手氣祈禱，佛祖佮上帝大概嘛較倚[259]街仔人，清義--仔抽輸--人，落選！

In 橋仔頭有五百外[260]張選票，才一百

---

252 毋但：m̄-tānn, 不只、不光。

253 賰：tshun, 剩下。

254 猶未：iáu-bē, 還沒。

255 爿：pîng, 邊、旁。

256 平：pînn, 一樣。

257 著愛：tio̍h-ài, 得。

258 抽鬮仔：thiu khau-á, 抽籤。

259 倚：uá, 靠近。

260 五百外：gōo pah guā, 五百多。

四十一人有頓票，竹圍仔一百四十二个大人，無得著街--裡生理人的票，事後去問，攏講是「做生理，無閒[261]去頓票」；算--起-來嘛是走一票[262]--去，眾人咧議論講「是 siáng 會無頓予家己庄的人」，若毋是走彼票，應該是一百四十二對一百四十票，按呢就免抽鬮仔--矣，清義--仔就做里長--矣。清義--仔仝款[263]佇樹仔跤睏，聽著人講伊的名，叫是[264]咧怪--伊，緊[265]peh[266]起來講：

「抽輸是我歹運[267]，我絕對無走票，毋信恁會使去查選票，我的印仔[268]有頓佇遐，林清義三字頓甲明明明--咧。」

---

261 無閒：bô-îng, 忙碌、沒空、無暇。
262 走票：tsáu-phiò, 跑票。
263 仝款：kāng-khuán, 一樣。
264 叫是：kioh-sī, 以爲。
265 緊：kín, 趕快、迅速。
266 peh：起身。
267 歹運：pháinn-ūn, 運氣背、運氣不佳、時運不濟。
268 印仔：ìn-á, 印章。

這時，眾人才知影最後彼[269]廢票對佗[270]來--的，就是差佇候選人家己彼票，怪--伊嘛無較縒[271]，伊也毋是刁工[272]--的。過無偌久，水耳嬸--仔猶是開大錢去請電話，庄--裡就綴[273]咧牽，閣來[274]，就無人閣選里長--矣。✍

[269] 彼：he, 那個。
[270] 佗：toh, 代詞，那兒。
[271] 無較縒：bô khah-tsuah, 無濟於事。
[272] 刁工：thiau-kang, 故意、存心。
[273] 綴：tuè, 跟隨。
[274] 閣來：koh-lâi, 再來、後來、接下去。

印尼新娘

一九九九年的九月二一，台灣發生近百年來上[1]大的地動[2]，有兩千外[3]人不幸往生去，全國團結救災，連厝邊隔壁[4]的濟濟[5]國家都有派救援隊來鬥跤手[6]，表現人道上蓋[7]高貴的情操。

我有落去[8]斗六閣[9]入去[10]南投想欲[11]鬥相

---

1 上：siōng, 最。

2 地動：tē-tāng, 地震。

3 兩千外：nn̄g tshing guā, 兩千多。

4 厝邊隔壁：tshù-pinn-keh-piah, 左鄰右舍、街坊鄰居。

5 濟濟：tsē-tsē, 很多。

6 鬥跤手：tàu-kha-tshiú, 幫忙。

7 上蓋：siōng-kài, 最。

8 落去：lo̍h-khì, 下去。

9 閣：koh, 又、再。

共[12]救災，這世人[13]毋捌[14]看過遮[15]濟[16]死體[17]，毋[18]是戰爭，嘛[19]無犯啥罪過，thah 會[20]仝[21]時間失去遐[22]濟性命？敢[23]是現代人出啥問題，愛[24]受這款[25]折磨？往生者並無啥物[26]罪孽，in[27]煞[28]替世間人擔罪！

---

[10] 入去：jip-khì, 進去。
[11] 想欲：siūnn-beh, 想要。
[12] 鬥相共：tàu-sann-kāng, 幫忙、幫助、協助。
[13] 這世人：tsit-sì-lâng, 這輩子。
[14] 毋捌：m̄-bat, 不曾。
[15] 遮：tsiah, 這麼地。
[16] 濟：tsē, 多。
[17] 死體：sí-thé, 屍體。
[18] 毋：m̄, 否定詞。
[19] 嘛：mā, 也。
[20] thah 會：thah ē, 怎麼會。
[21] 仝：kāng, 相同。
[22] 遐：hiah, 那麼。
[23] 敢：kám, 疑問副詞，提問問句。
[24] 愛：ài, 要、必須。
[25] 這款：tsit khuán, 這種。款：khuán, 種類、樣式。
[26] 啥物：siánn-mih, 什麼。
[27] in：他們。
[28] 煞：suah, 竟然。

我佇[29]斗六的現場有熟似[30]一个[31]仝款[32]志願救災的中年人，伊[33]叫做阿源，佮[34]我不止仔[35]有話講，我問伊娶某[36]--未[37]，伊講「猶未[38]」，最近有想欲娶一个印尼新娘。我講台灣人娶南洋的新娘仔敢若[39]眞普遍，伊講是專工[40]揀[41]--的，伊有特別的理由，是爲著[42]欲予[43]in阿母較有伴，若有趣味，伊 tshuā[44]我去

[29] 佇：tī, 在。
[30] 熟似：sik-sāi, 認識。
[31] 个：ê, 個。
[32] 仝款：kāng-khuán, 一樣。
[33] 伊：i, 他、她、牠、它，第三人稱單數代名詞。
[34] 佮：kap, 和、與。
[35] 不止仔：put-tsí-á, 非常、相當的。
[36] 娶某：tshuā-bóo, 娶妻、娶親。
[37] -- 未：--bē, 問是否完成的語詞。
[38] 猶未：iáu-bē, 還沒。
[39] 敢若：kánn-ná, 好像。
[40] 專工：tsuan-kang, 特地。
[41] 揀：kíng , 選擇。
[42] 爲著：ūi-tio̍h, 爲了。
[43] 予：hōo, 讓。
[44] tshuā：帶、帶領。

in[45]兜[46]，就知 in 阿母的故事。第二工[47]的欲暗仔[48]時，阿源有影[49]招我去 in 兜，洗身軀[50]順紲[51]換衫仔褲[52]，爲著消除死體的臭味，逐工[53]有關單位攏[54]會共[55]阮[56]消毒，彼款[57]藥水的氣味閣較[58]重。我掠準[59]伊蹛[60]佇附近 niâ[61]，哪知坐伊的銅管仔車[62]一逝[63]路駛不止仔久。我

---

[45] in：第三人稱所有格，他的。
[46] 兜：tau, 家。
[47] 工：kang, 天、日。
[48] 欲暗仔：beh-àm-á, 黃昏。
[49] 有影：ū-iánn, 的確、眞的。
[50] 洗身軀：sé sing-khu, 洗澡。
[51] 順紲：sūn-suà, 順便、順帶、趁便。
[52] 衫仔褲：sann-á-khòo, 衣褲。
[53] 逐工：ta̍k kang, 每天。逐：ta̍k, 每一。
[54] 攏：lóng, 都。
[55] 共：kā, 把、將。
[56] 阮：guán, 我們，不包括聽話者。
[57] 彼款：hit khuán, 那種。彼：hit, 那。
[58] 閣較：koh-khah, 更加。
[59] 掠準：lia̍h-tsún, 以爲、誤以爲。
[60] 蹛：tuà, 住。
[61] niâ：而已。

心肝內猶是[64]呵咾[65]阿源有影眞好心，無惜[66]路途，逐早起[67]都準時來厝[68]倒--去的現場鬥相共。

這个所在[69]是我頭擺[70]來--的，離北港無蓋[71]遠，車對[72]大通路[73]斡[74]入庄跤[75]路仔，天色暗--矣[76]，夜雺霧[77]罩佇這个漁村，窗仔門[78]

---

62 銅管仔車：tâng-kóng-á-tshia, 老爺車。
63 一逝：tsi̍t tsuā, 一趟。
64 猶是：iáu sī, 還是。
65 呵咾：o-ló, 讚美。
66 無惜：bô sioh, 不惜、不吝。
67 早起：tsái-khí, 早上。
68 厝：tshù, 房子、家。
69 所在：sóo-tsāi, 地方。
70 頭擺：thâu-pái, 第一次。
71 蓋：kài, 十分、非常。
72 對：uì, 從、由。
73 大通路：tuā-thong-lōo, 大路、大道、寬闊的馬路。
74 斡：uat, 轉彎。
75 庄跤：tsng-kha, 鄉下。
76 -- 矣：--ah, 語尾助詞，表示完成或新事實發生。
77 雺霧：bông-bū, 霧。
78 窗仔門：thang-á-mn̂g, 窗戶。

拍開[79]，鹹味隨[80]流--入-來，車前燈炤[81]迵[82]雺霧，敢若有燈火咧[83]振動[84]，應該是漁船仔，四邊恬 tsih-tsih[85]，敢若天地攏齊[86]睏[87]--去，毋但[88]，連海嘛睏--去。到岸邊，斡入一條足[89]細[90]的路仔，干焦[91]車身拄好[92]會當[93]過 niâ，路仔的盡磅[94]，就是阿源 in 兜。

---

[79] 拍開：phah-khui, 打開。

[80] 隨：sûi, 立刻、立即。

[81] 炤：tshiō, 照射、映照。

[82] 迵：thàng, 穿透。

[83] 咧：leh, 表示狀態持續著。

[84] 振動：tín-tāng, 移動、搖動。

[85] 恬 tsih-tsih：tiām tsih-tsih, 靜悄悄、鴉雀無聲。

[86] 齊：tsiâu, 齊全、全部。

[87] 睏：khùn, 睡。

[88] 毋但：m̄-tānn, 不只、不光。

[89] 足：tsiok, 非常。

[90] 細：sè, 小。

[91] 干焦：kan-tann, 只有、僅僅。

[92] 拄好：tú-hó, 剛好。

[93] 會當：ē-tàng, 可以。

[94] 盡磅：tsīn-pōng, 盡頭、到底。

阿源 in 阿母，面[95]--的齊是皺紋，毋知年歲[96]，毋過[97]看--起-來眞老--矣，臨時用寡[98]海產佮鹹膎[99]攢[100]暗頓[101]予[102]阮食，in 兜無用 gá-suh[103]，用灶燃燒水[104]叫我洗身軀。佇亭仔跤[105]，排桌仔椅仔，泡茶組攢便便[106]咧等--阮。秋--裡的海風猶是寒寒，天頂[107]有星光咧爍[108]，斟酌[109]看，應該是飛行機。門口埕[110]尾有低低的歌聲，鑽過海風的聲傳--來，聽--起-

---

95 面：bīn, 臉。
96 年歲：nî-huè, 年紀。
97 毋過：m̄-koh, 不過、但是。
98 寡：kuá, 一些、若干。
99 鹹膎：kiâm-kê, 醃製的碎肉醬或水產醬。
100 攢：tshuân, 準備。
101 暗頓：àm-tǹg, 晚餐。
102 予：hōo, 給。
103 gá-suh：瓦斯。
104 燃燒水：hiânn sio-tsuí, 燒水。
105 亭仔跤：tîng-á-kha, 騎樓。
106 攢便便：tshuân piān-piān, 準備得好好的。
107 天頂：thinn-tíng, 天上、天空。
108 爍：sih, 閃爍。
109 斟酌：tsim-tsiok, 仔細、小心。

來無啥[111]熟似[112]的曲調，是阿姆[113]咧唱歌。阿源有聽人講我是作家，希望我會當寫出 in 阿母這个故事。

「阮[114]阿母毋是普通咱[115]遮[116]的人，」阿源那[117]泡茶那做一个講古的開頭按呢[118]講：「伊是印尼人，毋是，這陣[119]應該是 Timor[120] 的人，你是作家，應該會知影[121]，Timor 已經獨立--矣，彼个[122]所在一直攏真亂……。」

---

110 門口埕：mn̂g-kháu-tiânn, 前庭、前院。

111 無啥：bô-siánn, 不太。

112 熟似：sik-sāi, 熟悉、熟識。

113 阿姆：a-ḿ, 對與母親年紀相當或更大的人的稱呼。

114 阮：guán, 我的，第一人稱所有格。

115 咱：lán, 我們，包括聽話者。

116 遮：tsia, 這裡。

117 那……那……：ná…… ná…… ，一邊……一邊……。

118 按呢：án-ni, án-ne, 這樣、如此。

119 這陣：tsit-tsūn, 這時候。

120 Timor：東帝汶。

121 知影：tsai-iánn, 知道。

122 彼个：hit ê, 那個。

繼--落-來[123]的話，是阿源講的故事。

阮遮本底[124]就是漁村，在來[125]倚[126]海食海，阮祖先世代攏靠船、排仔[127]討性命[128]，近海較泔[129]，遠海魚較洘[130]，水流就是阮的日頭，一般人是日頭出--來就出去做工課[131]，日落才轉--來[132]，阮是看水流，洘流[133]抑是 lām 流[134]，阮有俗語講「月若晝水就漏[135]」，會使[136]講是看水流食飯--的。一九五空[137]年代，

---

123 繼 -- 落 - 來：suà--lòh-lâi, 接著、接下來。

124 本底：pún-té, 本來、原本。

125 在來：tsāi-lâi, 一向、向來。

126 倚：uá, 靠近。

127 排仔：pâi-á, 筏子。

128 討性命：thó sìnn-miā, 謀生。

129 泔：ám, 稀。

130 洘：khó, 濃、稠。

131 工課：khang-khuè, 工作,「功課」的白話音。

132 轉 -- 來：tńg--lâi, 回來。

133 洘流：khó-lâu, 退潮。

134 lām 流：lām-lâu, 漲潮。

135 月若晝水就漏：gue̍h nā tàu, tsuí tō lāu, 月亮到達日正當中的位置時，即為漲潮。晝 :tàu, 中午。

136 會使：ē-sái, 可以、能夠。

台灣眞緊張，漁船仔袂使[138]掠[139]對[140]台灣海峽傷[141]倚支那彼爿[142]去，毋過近海魚確實眞泏，阮的船仔是輕便的平底仔，袂堪得[143]駛傷遠，彼[144]是阮阿爸的時代，這陣都也過身[145]幾十冬[146]--矣。逐年寒--人[147]，烏魚攏會順烏流[148]對[149]北泅[150]對南去，到阮遮的時猶未到熟[151]，袂使掠，阮庄--的會順魚仔跡綴[152]伊落南[153]，

---

137 一九五空：it-kiú-ngóo-khòng, 一九五零。
138 袂使：bē-sái, 不可以。
139 掠：lia̍h, 捕捉、抓。
140 對：tuì, 向。
141 傷：siunn, 太、過於。
142 彼爿：hit pîng, 那邊。
143 袂堪得：bē-kham-tit, 不堪 ...、受不了。
144 彼：he, 那個。
145 過身：kuè-sin, 過世。
146 冬：tang, 年。
147 寒 -- 人：kuânn--lâng, 冬天。
148 烏流：oo-lâu, 黑潮。
149 對：uì, 從、由。
150 泅：siû, 游。
151 到熟：kàu-si̍k, 成熟。
152 綴：tuè, 跟隨。

毋過到台南、高雄，遐[154]有 in 的漁場，阮嘛袂使侵--入-去，無法度[155]，就閣向南，有時仔[156]船仔入去巴士海峽，深去到菲律賓、印尼……，對南洋的漁場去。

拄才[157]我有講--過，阮阿爸的船仔毋是會當走遠--的，有一擺[158]，煞拄著[159]風颱[160]，袂赴[161]倚岸覕[162]，予[163]風掃[164]甲[165]反船[166]，彼是深海，佳哉[167]有印尼的漁船仔無倒，救著[168]阿

---

153 落南：lo̍h-lâm, 南下。
154 遐：hia, 那裡。
155 無法度：bô huat-tōo, 沒法子、沒輒、沒辦法。
156 有時仔：ū-sî-á, 有時候。
157 拄才：tú-tsiah, 剛才、適才。
158 擺：pái, 次，計算次數的單位。
159 拄著；tú-tio̍h, 碰到、遇到。
160 風颱：hong-thai, 颱風。
161 袂赴：bē-hù, 來不及。
162 覕：bih, 躲避。
163 予：hōo, 被。
164 掃：sàu, 橫著打。
165 甲：kah, 到，到……的程度。
166 反船：píng-tsûn, 翻船。
167 佳哉：ka-tsài, 好在、幸虧、幸好。

爸，彼是阮外公佮阿舅駛--的，共阿爸救轉去[169] in 兜，尾--仔[170]才知影，阮外公佮阿舅毋是眞正的討海人[171]，in是反印尼統治的革命者，就是這時 Timor 獨立軍，受印尼政府通緝，海是上好逃亡的路途。

阿爸予in救--去了後[172]，一時猶[173]無法度轉來台灣，佇遐熟似 in 兜干焦一个查某囡仔[174]，就是阮母--仔，聽講[175]嘛毋是有啥戀愛，外公佮阿舅知影 in 處境危險，驚[176]牽連著這个查某囝[177]、小妹，暫時拜託阿爸共伊 tshuā 來台灣，講若等局勢較穩定，in 會駛船來 tshuā--轉

---

[168] 救著：kiù-tio̍h, 救到。著：tio̍h, 到，後接動詞補語，表示動作之結果、對象。
[169] 轉去：tńg-khì, 回去。
[170] 尾 -- 仔：bué--á, 後來。
[171] 討海人：thó-hái-lâng, 漁夫、漁民。
[172] 了後：liáu-āu, 之後。
[173] 猶：iáu, 還。
[174] 查某囡仔：tsa-bóo gín-á, 女孩子。
[175] 聽講：thiann-kóng, 聽說、據說。
[176] 驚：kiann, 害怕、擔心。
[177] 查某囝：tsa-bóo-kiánn, 女兒。

-去。爲著欲予阿爸會當轉--來，in 買一隻尖底仔予伊駛轉來台灣。

阮阿母彼陣[178]才十五歲 niâ，聽講 in 遐的查某囡仔較早到水[179]，查某囡仔略略--仔[180]到十外歲仔就嫁--矣，阿母雖罔[181]猶未嫁，毋過嘛做--人[182]-矣，過春--裡就欲予人娶入門。拄[183]來的時，伊逐工去海岸頂等故鄉的船隻，望春流會共 in 阿爸佮兄哥的船仔渡--來，一工等過一工，海水毋捌紮[184]來故鄉的消息。阮遮老一輩--的捌講--過，彼个時陣[185]，阮這个漁村仔的港口，逐工欲暗仔時，佇夜霧輕輕的海岸，會有一个穿南洋 sa-lóng[186]的婧[187]姑娘仔佇

178 彼陣：hit-tsūn, 那時候。
179 到水：kàu-tsuí, 成熟。
180 略略 -- 仔：lio̍h-lio̍h--á, 稍微、約略。
181 雖罔：sui-bóng, 雖然。
182 做 -- 人：tsò--lâng, 許配給人。
183 拄：tú, 才剛、剛。
184 紮：tsah, 攜帶。
185 時陣：sî-tsūn, 時候。
186 sa-lóng：馬來人穿的圍腰布裙。

遐唱歌，是阿母 in 遐港口咧等人的歌，連附近庄頭[188]的人嘛會專工來欲看彼个外國姑娘仔佇海岸邊唱歌的形影。

過一、兩個月，就是等無故鄉的船隻，一直到過成[189]半年，才有一隻船仔來，是阿母欲嫁彼爿的人冒性命的危險駛--來-的，報消息講阿母 in 阿爸、兩个兄哥攏總[190]予印尼政府掠--去，in 彼个未婚夫想辦法欲解救，嘛著吊[191]，印尼政府共 in 攏判死刑，頂[192]個月總處決--矣。彼个無緣的翁婿[193]吩咐人叫伊莫[194]閣轉--去，家己[195]踮[196]台灣揣[197]生路，有紮一粒伊在

---

[187] 媠：suí, 美、漂亮。
[188] 庄頭：tsng-thâu, 村子、村落。
[189] 成：tsiânn, 將近、約。
[190] 攏總：lóng-tsóng, 全部。
[191] 著吊：tio̍h-tiàu, 上鉤、上當、中了圈套。
[192] 頂：tíng, 上一個。
[193] 翁婿：ang-sài, 夫婿、丈夫。
[194] 莫：mài, 別、不要。
[195] 家己：ka-tī, 自己。
[196] 踮：tiàm, 在。
[197] 揣：tshuē, 尋找。

生[198]上寶貝的手錶仔來欲予阮阿母做記念。

頭起先[199]，阿母袂當[200]接受這款事實，仝款走去港口等船仔，向望[201]有啥奇蹟出現，毋過港口干焦海鳥來去，海水猶原[202]無話無句[203]，毋捌漏洩寡風聲予岸邊的人一屑仔[204]希望。過一年，阿爸講欲去伊的故鄉探消息，看伊佇遐的阿母有好好--無[205]，阿母嘛欲鬥陣[206]去，阿爸擋伊袂行[207]，雖罔危險，結局猶是兩人駛彼隻尖底仔去。

去到遐，阮外媽猶佇--咧，毋過破病[208]甲

---

[198] 在生：tsāi-senn, 在世、生前。
[199] 頭起先：thâu-khí-sing, 剛開始。
[200] 袂當：bē-tàng, 不能、不可以。
[201] 向望：ǹg-bāng, 盼望、企望、想望。
[202] 猶原：iû-guân, 仍然、還是、依舊。
[203] 無話無句：bô-uē-bô-kù, 不發一語。
[204] 一屑仔：tsit-sut-á, 一點兒、一點點。
[205] -- 無：--bô, 置於句尾，表示疑問語氣。
[206] 鬥陣：tàu-tīn, 一起、結伴、偕同。
[207] 袂行：bē-kiânn, 不動，只當動詞補語。
[208] 破病：phuà-pīnn, 生病。

眞傷重[209]，交代這个伊上蓋惜[210]的查某囝講：

「爲著遮的百姓，咱兜的人犧牲有夠--矣，你是咱兜最後的一人，毋通[211]閣留佇遮，若無[212]，你緊早慢[213]嘛會行[214]上恁[215]老爸佮兄哥的後路，去，看啥物所在攏聽好[216]去，莫佇印尼政府管的所在就好。」

阿爸佮阿母有欲招外媽[217]做夥[218]來台灣，外媽講伊傷老--矣，袂堪--得，閣再[219]講，伊的翁婿、後生[220]攏死佇遮，伊嘛欲死佇遮，死了才有法度[221]佮翁婿、後生做夥，伊講阮阿爸看

---

[209] 傷重：siong-tiōng, 嚴重。
[210] 惜：sioh, 愛惜、疼愛。
[211] 毋通：m̄-thang, 不可以。
[212] 若無：nā-bô, 否則、不然。
[213] 緊早慢：kín-tsá-bān, 早晚、遲早。
[214] 行：kiânn, 行走。
[215] 恁：lín, 你們。
[216] 聽好：thìng-hó, 可以、得以。
[217] 外媽：guā-má, 外祖母、外婆。
[218] 做夥：tsò-hué, 一起。
[219] 閣再：koh-tsài, 又、再。
[220] 後生：hāu-sinn, 兒子。

--起-來是眞好的人，若猶未娶某，希望會當這時佇伊的面頭前[222]結婚，若會當看著查某囝結婚--矣，按呢伊日後去見翁婿才有一个交代。

就按呢，阿爸佮阿母變做翁某[223]轉--來，毋過佇台灣，阿母無身份，伊是算偷渡--的，照法律，伊愛予人遣送轉去印尼，印尼政府知影伊的身份了後，定著[224]無留伊活命。彼段時間，日子過了眞驚惶，佳哉阮這漁村不比都市，政府的人罕得[225]來，在地的警察、村長攏知影這个故事，無人會害--in，一直到三年後，阮庄有一个查某囡仔去海--裡抾[226]花跤仔[227]，進水的時靠勢[228]伊水性熟，無隨走[229]，

---

[221] 法度：huat-tōo, 辦法、法子。

[222] 面頭前：bīn-thâu-tsîng, 面前。

[223] 翁某：ang-bóo, 夫妻。

[224] 定著：tiānn-tio̍h, 必定、一定、肯定。

[225] 罕得：hán-tit, 難得、少有。

[226] 抾：khioh, 拾取、撿取。

[227] 花跤仔：hue-kha-á, 鉅緣青蟳 (俗名：沙蟳、花腳仔), 體型最大，全身背甲，尤其是螯腳步足具有明顯的網狀花紋。

予海湧[230]捲--去，這嘛毋是偌[231]稀罕的代誌[232]，倚海食海予海食，天地本底就是按呢。彼个年歲比阮阿母較濟，二十捅[233]--矣，本來阮遮就有風俗，查某囡仔猶未嫁若過身，死了嘛著[234]共[235]伊揣一个翁[236]，算予伊死了有一个名份，就是人講「娶神主牌仔」彼款--的，趁這个機會，阮阿母就食彼个姑娘的名，嘛叫對方阿爸阿母，戶口上，阿母算遮土生土長的在地人。

講--來，阮阿爸彼時三十--矣，真僫[237]娶有某，海口人本底人就嫌，嫌散[238]嫌危險，有機會娶阮阿母嘛是好運，in 印尼這方面的查某囡

228 靠勢：khò-sè，大意、仗勢、有恃無恐。
229 走：tsáu，離開。
230 海湧：hái-íng，海浪。
231 偌：juā，多麼，表示感嘆。
232 代誌：tāi-tsì，事情。
233 捅：thóng，數目超過、多出來。
234 著：tio̍h，得、要、必須。
235 共：kā，幫。
236 翁：ang，夫婿、丈夫。
237 僫：oh，困難。
238 散：sàn，貧困。

仔 gâu[239]臭老[240]，減阮阿爸十外歲，毋過到中年看--起-來就若像[241]阿婆--仔。俗語講「棺柴是貯[242]死人，毋是貯老人」，雖罔阮阿母較臭老，毋過in結婚十外年 niâ，換阮阿爸反船，這遍無遐好運有別國的船仔通[243]共救，嘛是予海食--去，毋才[244]阮阿母無愛我閣落海[245]掠魚。

阿源的故事講到遮，應該是煞[246]--矣，毋過最後伊閣講：

「In 彼爿的姑娘仔較快老，我若娶某愛娶較幼齒[247]--的，按呢等--十-外-年-仔，阮就變差不多老--矣。」

---

239 gâu：易於。
240 臭老：tshàu-lāu, 早衰、外表比實際年齡大。
241 若像：ná-tshiūnn, 彷彿、好像、猶如。
242 貯：té, 裝、盛。
243 通：thang, 可以、能夠。
244 毋才：m̄-tsiah, 才。
245 落海：lo̍h-hái, 下海。
246 煞：suah, 結束、停止。
247 幼齒：iù-khí, 稚嫩、年幼的。

彼暝[248]，我睏袂[249]落眠[250]，阿姆低低毋知啥物意思的歌聲一直唱，佇我眠夢--裡，嘛迵過重重的夜霧，對港口流過海，傳去到伊彼个已經獨立毋過比咱地動死較濟人，猶閣[251]咧戰亂的故鄉。✍

[248] 彼暝：hit mî, 那晚。
[249] 袂：bē, 表示不能夠。
[250] 落眠：lo̍h-bîn, 入睡、熟睡。
[251] 猶閣：iáu-koh, 還、依然、仍舊。

稅[1]厝[2]的紳士

現代人無厝共[3]人稅厝徛[4]--的是真濟[5]，佇[6]世界的大都會，土地攏[7]貴甲[8]真驚--人[9]，欲[10]家己[11]有一間仔厝有影[12]無

[1] 稅：suè, 租。
[2] 厝：tshù, 房子、家。
[3] 共：kā, 跟、向。
[4] 徛：khiā, 居住。
[5] 濟：tsē, 多。
[6] 佇：tī, 在。
[7] 攏：lóng, 都。
[8] 甲：kah, 到、得，到……的程度。
[9] 驚 -- 人：kiann--lâng, 可怕。
[10] 欲：beh, 要，表示意願。
[11] 家己：ka-tī, 自己。
[12] 有影：ū-iánn, 的確、眞的。

遐[13]簡單。

我出世[14]的庄跤[15]所在[16]，啥物[17]攏無，干焦[18]土地較冗剩[19]，田頭仔搭搭--咧[20]，就是一間厝，法定上叫做「農舍」，毋過[21]對阮[22]來講，厝就是厝，管待[23]伊[24]啥物「農舍」，毋[25]知影[26]有人無厝愛[27]共人稅厝徛--的，到彼工[28]

13 遐：hiah, 那麼。

14 出世：tshut-sì, 出生、誕生。

15 庄跤：tsng-kha, 鄉下。

16 所在：sóo-tsāi, 地方。

17 啥物：siánn-mih, 什麼。

18 干焦：kan-tann, 只有、僅僅。

19 冗剩：liōng-siōng, 充裕。

20 -- 咧：--leh, 表示略微處理，固定輕聲變調。

21 毋過：m̄-koh, 不過、但是。

22 阮：guán, 我們，不包括聽話者。

23 管待：kuán-thāi, 理會、理睬。

24 伊：i, 它、他、她、牠，第三人稱單數代名詞。

25 毋：m̄, 否定詞。

26 知影：tsai-iánn, 知道。

27 愛：ài, 要、必須。

28 彼工：hit kang, 那一天。彼：hit, 那。工：kang, 天、日。

水伯--仔去二林轉--來[29]，tshuā[30]一對少年人來庄--裡，講是欲[31]來稅厝--的。

聽講[32]彼[33]是一對翁仔某[34]，蹛[35]佇一个[36]真遠我毋捌[37]聽--過的所在，厝--裡[38]反對in[39]的婚姻，兩个偷走[40]離開故鄉，來阮遮[41]欲建置in新的家庭。彼陣[42]我猶未[43]讀冊[44]，毋免[45]做

---

[29] 轉--來：tńg--lâi, 回來。
[30] tshuā：帶領。
[31] 欲：beh, 打算、想要。
[32] 聽講：thiann-kóng, 聽說、據說。
[33] 彼：he, 那些、那個。
[34] 翁仔某：ang-á-bóo, 夫妻。
[35] 蹛：tuà, 住。
[36] 个：ê, 個。
[37] 毋捌：m̄-bat, 不曾。
[38] 厝--裡：tshù--nih, 家裡。
[39] in：他們。
[40] 偷走：thau-tsáu, 逃跑、脫逃。
[41] 遮：tsia, 這裡。
[42] 彼陣：hit-tsūn, 那時候。
[43] 猶未：iáu-bē, 還沒。
[44] 讀冊：thak-tsheh, 讀書。
[45] 毋免：m̄-bián, 不必、不用、無須、用不著。

工課[46]，干焦 tshuā[47]阮[48]小弟，有閒工[49]通[50]佇庄--裡 luā-luā 趖[51]，聽大人講查某囡仔[52]是綴人走[53]--的，真好玄[54]欲知影綴人走--的是生做[55]啥款形[56]--的，小弟偝[57]--咧[58]，走去水伯--仔in[59]兜[60]的護龍仔[61]，去共[62]tham[63]--一-下，兩个生

---

[46] 工課：khang-khuè, 工作,「功課」的白話音。

[47] tshuā：照顧小孩。

[48] 阮：guán, 我的, 第一人稱所有格。

[49] 閒工：îng-kang, 閒工夫、餘暇。

[50] 通：thang, 可以、能夠。

[51] luā-luā 趖：luā-luā-sô, 遊蕩。

[52] 查某囡仔：tsa-bóo gín-á, 女孩子。查某：tsa-bóo, 女性。囡仔：gín-á, 小孩子。

[53] 綴人走：tuè lâng tsáu, 私奔。

[54] 好玄：hònn-hiân, 好奇。

[55] 生做：sinn-tsuè, 長得。

[56] 啥款形：siánn-khuán hîng, 什麼樣子。

[57] 偝：āinn, 背。

[58] -- 咧：表示持續, 輕聲隨前變調。

[59] in：第三人稱所有格, 他的。

[60] 兜：tau, 家。

[61] 護龍仔：hōo-lîng-á, 廂房。

[62] 共：kā, 表示處置。

[63] tham：探。

份人[64]敢若[65]攏無佇--咧，毋過我有看著[66]簾簷跤[67]竹篙[68]頂[69]披[70]的衫仔褲[71]，無論色佮[72]形攏

---

64 生份人：tshinn-hūn-lâng, 陌生人。

65 敢若：kánn-ná, 好像。

66 看著：khuànn-tio̍h, 看到。著：tio̍h, 到, 動詞補語, 表示動作之結果、對象。

67 簾簷跤：nî-tsînn kha, 屋簷下。跤：kha, 底下。

68 竹篙：tik-ko, 竹竿、竿子。

69 頂：tíng, 上頭。

70 披：phi, 攤開使乾燥。

71 衫仔褲：sann-á-khòo, 衣褲。

72 佮：kap, 和、與。

佮阮作穡人[73]穿--的眞無相仝[74]，深紅大青攏有，在來[75]庄跤人的衫仔褲色攏較殕[76]，霧甲連原本的色都褪--去-矣[77]。

拄[78]當咧[79]看，我偕佇尻脊骿[80]後的小弟煞[81]咧[82]哭，越頭[83]看著一个穿花仔衫[84]的查某囡仔徛[85]佇後壁[86]咧弄[87]阮小弟，檢采[88]庄跤囡仔

---

[73] 作穡人：tsoh-sit-lâng, 農人。
[74] 相仝：sio-kâng, 相同。
[75] 在來：tsāi-lâi, 一向、向來。
[76] 殕：phú, 淺灰色。
[77] 矣：ah, 語尾助詞，表示完成或新事實發生。
[78] 拄：tú, 才剛。
[79] 當咧：tng-teh, 正在。
[80] 尻脊骿：kha-tsiah-phiann, 背脊、背部。
[81] 煞：suah, 竟然。
[82] 咧：leh, 表示進行中。
[83] 越頭：uat-thâu, 回頭。
[84] 花仔衫：hue-á-sann, 花衣服。花仔：hue-á, 花紋。
[85] 徛：khiā, 站。
[86] 後壁：āu-piah, 後面。
[87] 弄：lāng, 玩弄、逗弄。
[88] 檢采：kiám-tshái, 也許、可能、說不定。

較驚生份[89]，雖罔[90]彼个姑娘仔穿插[91]佮生張[92]攏眞媠[93]，阮小弟哭袂[94]止，我就共[95]揹巾敨[96]--開，換用抱--的，彼个姑娘共門拍--開[97]，叫我入去[98]in兜，我看規个[99]壁頂[100]攏貼尪仔圖[101]，全是日本的媠查某，尾--仔[102]我聽人講遐--的[103]攏是電影明星的寫眞；一塊圓桌有舒[104]桌巾，

---

[89] 驚生份：kiann tshinn-hūn, 怕生。
[90] 雖罔：sui-bóng, 雖然。
[91] 穿插：tshīng-tshah, 穿著。
[92] 生張：sinn-tiunn , 長相。
[93] 媠：suí, 美麗、漂亮。
[94] 袂：bē, 表示不能夠。
[95] 共：kā, 把、將。
[96] 敨：tháu, 打開、解開。
[97] 拍 -- 開：phah--khui, 開、打開。
[98] 入去：jip-khì, 進去。
[99] 規个：kui ê, 整個。
[100] 壁頂：piah tíng, 牆上。壁：piah, 牆壁。
[101] 尪仔圖：ang-á-tôo, 人物畫。
[102] 尾 -- 仔：bué--á, 後來。
[103] 遐 -- 的：hia--ê, 那些。
[104] 舒：tshu, 舖。

一个花矸[105]有插幾枝花，攏是庄跤路仔四常[106]看會著[107]--的；邊--仔[108]閣[109]有幾若[110]个奇怪的罐仔，內面貯[111]糖仔餅仔，伊提[112]一塊貢糖予[113]阮小弟，講：

「恁[114]小弟喙齒[115]猶未齊發，食貢糖較有法度[116]，你愛食啥家己揀[117]。」

我那[118]吞喙瀾[119]那細[120]聲應[121]講：「免--

105 花矸：hue-kan, 花瓶。
106 四常：sù-siông, 平常。
107 看會著：khuànn ē tio̍h, 看得到。
108 邊 -- 仔：pinn--á, 旁邊。
109 閣：koh, 另外。
110 幾若：kuí-nā, 許多、好幾。
111 貯：té, 裝、盛。
112 提：the̍h, 拿。
113 予：hōo, 給。
114 恁：lín, 你的、你們的，第二人稱所有格。
115 喙齒：tshuì-khí, 牙齒。
116 法度：huat-tōo, 辦法、法子。
117 揀：kíng , 選擇。
118 那……那……：ná…… ná…… ,一邊……一邊……。
119 喙瀾：tshuì-nuā, 口水。
120 細：sè, 小。

啦，我也無咧哭，免--啦！」

我理解的糖仔餅[122]遮的[123]四秀仔[124]是囡仔咧哭欲騙予[125]恬[126]才有提--出-來-的，若無[127]，就年仔節仔[128]抑是[129]人客[130]來紮[131]的等路[132]。

「無[133]，你食索仔股[134]好--毋[135]？」

我頭擺[136]聽著有食物仔號做[137]索仔股，等

---

121 應：ìn, 回答、應答。
122 糖仔餅：thn̂g-á-piánn, 糖果餅乾等甜食。
123 遮的：tsiah-ê, 這些。
124 四秀仔：sì-siù-á, 零食。
125 予：hōo, 讓。
126 恬：tiām, 安靜。
127 若無：nā-bô, 否則、不然。
128 年仔節仔：nî-á-tseh-á, 逢年過節。
129 抑是：iah-sī, 或是。
130 人客：lâng-kheh, 客人。
131 紮：tsah, 攜帶。
132 等路：tán-lōo, 拜訪時，客人送的禮物。
133 無：bô, 不然的話。
134 索仔股：só-á-kóo, 麻花。
135 -- 毋：--m̄, 表示疑問。
136 頭擺：thâu-pái, 第一次。
137 號做：hō-tsò, 稱爲。

提--出-來我才知影是跤車籐[138]，先假仙[139]講無愛，手猶是[140]共接過來食。姑娘仔講我是伊來到竹圍仔庄交--著頭个朋友，真歡喜佮我熟似[141]，閣[142]講伊叫做春蘭，嘛[143]問我的名。

我講家己的名，嘛共小弟的名介紹予伊知。彼工我轉--去[144]，共阿 i[145]講去揣[146]春蘭阿姊，in 兜有真濟四秀仔的代誌[147]，i--仔[148]講彼兩个人應該猶未有囡仔，哪會[149]有囥遐濟騙囡仔的食物？我無看著 in 兜有細漢[150]囡仔，嘛無看

138 跤車籐：kha-tshia-tîn, 麻花。
139 假仙：ké-sian, 假惺惺。
140 猶是：iáu sī, 還是。
141 熟似：sik-sāi, 熟悉、熟識。
142 閣：koh, 繼續、接著。
143 嘛：mā, 也。
144 轉 -- 去：tńg--khì, 回去。
145 阿 i：a-i, 平埔族稱呼母親的用語。
146 揣：tshuē, 找、探訪。
147 代誌：tāi-tsì, 事情。
148 i-- 仔：i--á, 平埔族稱呼母親的用語。
149 哪會：nah ē, 怎麼會。
150 細漢：sè-hàn, 年幼。

著有披囡仔衫。第兩工，我有想欲[151]閣[152]去春蘭阿姊 in 兜，毋過阿 i 吩咐我毋通[153]定定[154]去人兜，若無，會予人講是 it 著[155]人的糖仔；我想欲去，確實嘛是咧數想[156]花巴哩貓[157]的鑵仔內彼好食物仔。

自彼擺了後[158]，我定定會想欲去水伯--仔 in 兜，毋過我毋敢去，庄內風聲[159]講彼个叫做「春蘭」的查某是好額人[160]的細姨[161]，無守本份去愛著一个緣投仔 sàng[162]，款[163]人的錢財綴

151 想欲：siūnn-beh, 想要。
152 閣：koh, 再次、又。
153 毋通：m̄-thang, 不可以。
154 定定：tiānn-tiānn, 常常。
155 it 著：it-tio̍h, 圖著、顧念、渴望。
156 數想：siàu-siūnn, 奢想、覬覦。
157 花巴哩貓：hue-pa-lih-niau, 花不棱登。
158 了後：liáu-āu, 之後。
159 風聲：hong-siann, 傳言、流傳、謠言。
160 好額人：hó-gia̍h-lâng, 有錢人。
161 細姨：sè-î, 偏房、姨太太。
162 緣投仔 sàng：iân-tâu-á-sàng, 帥哥。
163 款：khuán, 席捲。

人走，這个講是 in 翁[164]--的實在是人公司的職員，貪著春蘭的美貌佮錢，才會來阮庄這款[165]揜貼[166]的所在稅厝過日，有人捌去過 in 蹛的厝內[167]，有冰櫥[168]、lian-chí-khuh[169]……這款貴參參[170]的電器品，毋是普通人蓄[171]會起--的。阿爸佮阿i規定我袂使[172]閣去 in 兜，講 in 是來路無清氣[173]的人，緊早慢[174]會予人揣--著，到時連我嘛會有代誌。我愈想愈無，若講親像[175]春蘭阿姊彼款--的是歹人[176]，哪有遐爾[177]好的歹

---

164 翁：ang, 夫婿、丈夫。
165 這款：tsit khuán, 這種。款：khuán, 種類、樣式。
166 揜貼：iap-thiap, 人煙罕至、隱密、隱蔽。
167 厝內：tshù-lāi, 家裡。
168 冰櫥：ping-tû, 冰箱、冷藏櫃。
169 lian-chí-khuh：電唱機。
170 貴參參：kuì-som-som, 指非常昂貴。
171 蓄：hak, 添置、購置，買金額較高之物。
172 袂使：bē-sái, 不可以。
173 清氣：tshing-khì, 乾淨。
174 緊早慢：kín-tsá-bān, 早晚、遲早。
175 親像：tshin-tshiūnn, 像是、如同。
176 歹人：pháinn-lâng, 壞人

人？想罔[178]想，我驚[179]序大人[180]罵，猶是毋敢去。

有一擺[181]，我佇溝仔邊搪著[182]春蘭阿姊，袂記得[183]厝--裡的吩咐就行[184]倚[185]去共叫；伊真歡喜，講是花矸的花蔫[186]--去-矣，欲揣幾枝仔花草轉去插，我就共[187]伊鬥揣，伊捌[188]真濟花草的名，連阮這庄跤人都毋捌的花，伊嘛知。伊那鉸[189]花那唱歌，聲柔柔幼幼，我愈聽心情愈沉重，哪會這款人會做人的細姨，閣[190]

---

177 遐爾：hiah-nī, 那麼。

178 罔：bóng, 姑且、不妨。

179 驚：kiann, 害怕、擔心。

180 序大人：sī-tuā-lâng, 父母、雙親、長輩。

181 擺：pái, 次，計算次數的單位。

182 搪著：tn̄g-tio̍h, 遇到

183 袂記得：bē-kì-tit, 忘記。

184 行：kiânn, 行走。

185 倚：uá, 靠近。

186 蔫：liān, 枯萎。

187 共：kā, 幫。

188 捌：bat, 認識。

189 鉸：ka, 剪。

綴人走？我想欲問伊一个確實，毋過講袂出喙[191]。伊招[192]我去 in 兜 tshit 迌[193]，我驚予[194]阿爸罵，就推[195]講愛轉去 tshuā 小弟。

翻轉工[196]的下晡[197]時，有警察來阮兜，調查彼對男女的代誌，問講 in 有做啥予庄內人無歡喜的代誌--無[198]？阿爸干焦講佮in無熟似，毋知 in 咧創啥[199]，警察講閣欲去問別戶，就走--矣。阿爸佮阿叔 in 咧會[200]講彼兩个毋知閣犯啥物罪，大人[201]才會四界[202]咧探聽。

---

190 閣：koh, 而且。

191 講袂出喙：kóng bē tshut-tshuì, 難以啓齒。

192 招：tsio, 邀。

193 tshit 迌：tshit-thô, 遊玩。

194 予：hōo, 被。

195 推：the, 推託、推諉。

196 翻轉工：huan-tńg-kang, 隔日、翌日。

197 下晡：e-poo, 下午。

198 -- 無：--bô, 置於句尾，表示疑問語氣。

199 創啥：tshòng siánn, 幹什麼。

200 會：huē, 談論。

201 大人：tāi-jîn, 指警察。

202 四界：sì-kuè, 四處、到處。

彼暝[203]佇店仔頭[204]，阿爸佮人那臆蔗[205]甘那咧開講[206]，有人講起警察大人來庄--裡探聽彼兩个男女的代誌，在來庄--裡毋捌有警察來，攏是水伯--仔貪人的厝稅[207]錢才會惹這款麻煩！水伯--仔無佇現場，in 叔伯小弟[208]替伊辯解，講無論彼兩个厝跤[209]做啥代誌，攏佮庄內人無底代[210]，逐个[211]免按呢[212]厚操煩[213]。有人講自庄--裡來彼兩个人了後，加[214]真袂順

[203] 彼暝：hit mî, 那晚。暝：mî, 夜、晚。
[204] 店仔頭：tiàm-á-thâu, 店鋪、商店。
[205] 臆甘蔗：娛樂性的打賭。將甘蔗一刀剖下去，猜猜看剖掉幾節，猜對者贏得甘蔗臆，ioh, 猜。
[206] 開講：khai-káng, 聊天、閒聊。
[207] 厝稅：tshù-suè, 房租。
[208] 叔伯小弟：tsik-peh sió-tī, 堂弟。
[209] 厝跤：tshù-kha, 房客。
[210] 無底代：bô tī-tāi, 不相干。
[211] 逐个：ta̍k ê, 每個、各個。逐：ta̍k, 每一。
[212] 按呢：án-ni, án-ne, 這樣、如此。
[213] 厚操煩：kāu tshau-huân, 多慮。
[214] 加：ke, 更加。

事[215]，田--裡稻仔焦稿[216]兼敗欉[217]，精牲仔[218]嘛著災[219]，閣有人 phàng 見[220]雞仔鴨仔，毋是好吉兆[221]！破格[222]成--仔講：

「竹圍仔庄就是 gâu[223]牽拖[224]，才會落衰[225]！莫[226]欲共罪過攏掛予生份人！」

阿爸應講：「阮才無咧牽拖彼兩个人，攏是你這个破格成--仔的屎桮[227]喙[228]才會帶衰

---

215 順事：sūn-sū, 平順。
216 焦稿：ta-kó, 稻桿枯萎。
217 敗欉：pāi-tsâng, 植物因故枯死。
218 精牲仔：tsing-sinn-á, 牲畜、畜生、家禽或家畜。
219 著災：tio̍h-tse, 家禽、家畜等染上瘟疫。
220 phàng 見：phàng-kìnn, 拍毋見 (phah-m̄-kìnn) 的合音，丟掉、遺失。
221 吉兆：kiat-tiāu, 預兆。
222 破格：phuà-keh, 罵人說話不得體、烏鴉嘴。
223 gâu：善於。
224 牽拖：khan-thua, 牽扯、歸罪。
225 落衰：lak-sue, 運氣變壞。
226 莫：mài, 別、不要。
227 屎桮：sái-pue, 如廁後，擦拭屁股用的竹片。
228 喙：tshuì, 嘴。

潲[229]--的！」

眾人本底[230]是嫌疑彼兩个生份人客，聽阮阿爸按呢講，煞嘛攏怪成--仔彼支破格喙[231]，叫伊較恬--咧較無蠓[232]，無人會講伊啞口[233]。伊無意無意[234]，喙--裡那踅踅唸[235]就走--矣。

有一早起[236]，阮小弟猶咧睏[237]，我趁機會欲去水伯--仔 in 兜探看 in 兩个敢[238]有予警察掠[239]--去，知影阮園頭仔的菅蓁仔[240]內有幾

---

[229] 帶衰潲：tài-sue-siâu, 連累。
[230] 本底：pún-té, 本來、原本。
[231] 破格喙：phuà-keh-tshuì, 烏鴉嘴。
[232] 較恬 -- 咧較無蠓：khah tiām--leh khah bô báng, 意思是少說話以免遭到無妄之災，安分一點，比較不會招惹麻煩或受到批判。蠓：báng, 蚊子。
[233] 啞口：é-káu, 啞巴。
[234] 無意無意：bô-ì-bô-ì, 不很感興趣的樣子。
[235] 踅踅唸：se̍h-se̍h-liām, 唸唸有詞。
[236] 早起：tsái-khí, 早上。
[237] 睏：khùn, 睡。
[238] 敢：kám, 疑問副詞，提問問句。
[239] 掠：lia̍h, 抓住、逮捕。
[240] 菅蓁仔：kuann-tsin-á, 芒草。

若 bôo[241]狗尾草，攑[242]鐮lik仔[243]去共割幾枝仔落--來[244]，mooh[245]去水伯--仔 in 兜，行去到門口埕[246]尾，看著一个少年家仔[247]，生做眞飄撇[248]，穿一領[249]黃 siá-tsuh[250]，紺[251]條的洋麻褲，戴一頂拍鳥帽仔[252]，比尪仔圖的電影明星較好看頭[253]，我毋捌看過才奅[254]的紳士，無啥[255]敢倚--去，拄好[256]春蘭阿姊出--來，紹介[257]

241 bôo：計算叢生植物的單位。
242 攑：gia̍h, 拿。
243 鐮 lik 仔：liâm-lik-á, 鐮刀。
244 落來：lo̍h-lâi, 下來。
245 mooh：用雙臂及胸腹抱。
246 門口埕：mn̂g-kháu-tiânn, 前庭、前院。
247 少年家仔：siàu-liân-ke-á, 小伙子、少年人。
248 飄撇：phiau-phiat, 瀟洒。
249 領：niá, 量詞，計算衣著、蓆子或被子等的單位。
250 siá-tsuh：襯衫。
251 紺：khóng, 深藍色。
252 拍鳥帽仔：phah-tsiáu-bō-á, 歐洲式鴨舌帽。
253 好看頭：hó-khuànn-thâu, 好看、上相。
254 奅：phānn, 摩登、時髦。
255 無啥：bô-siánn, 不太。
256 拄好：tú-hó, 剛好。

講是 in 翁。我 thi-thi thuh-thuh[258]講這束狗尾草欲送--伊-的，彼个紳士就笑笑，呵咾[259]我是眞有禮數[260]的細漢紳士，請我入去坐。春蘭阿姊斟[261]一甌[262]汽水予我啉[263]，閣用碟仔貯幾塊餅予我食點心；In 翁問我愛聽音樂--毋，我干焦捌聽 la-lí-ooh[264]唱過流行歌仔 niâ[264]，毋知欲按怎[266]應--伊。這時才看見壁角[267]有 tshāi[268]一台機器，伊拍--開，囥[269]一塊圓盤仔入--去，有歌出

257 紹介：siāu-kài, 介紹。
258 thi-thi thuh-thuh：結結巴巴。
259 呵咾：o-ló, 讚美。
260 禮數：lé-sòo, 禮貌、禮儀、禮節。
261 斟：thîn, 倒出。
262 甌：au, 量詞，杯。
263 啉：lim, 喝、飲。
264 la-lí-ooh：收音機。
265 niâ：而已。
266 按怎：án-tsuánn, 如何。
267 壁角：piah-kak, 牆角。
268 tshāi：豎立、放置。
269 囥：khǹg, 放置。

--來。紳士綴[270]咧唱，我感覺歌喉佮春蘭阿姊攏眞好，無輸我聽--過的歌星。春蘭阿姊講in翁本底想欲去唱歌做歌星，毋過無機會，這時咧[271]駛客運的大台 bá-suh[272]，今仔日[273]拄著[274]歇睏日[275]，才有通[276]佇厝--裡咧閒。閣問我哪會遐久無來揣伊坐，in翁去上班的時，伊足[277]孤單，無人佮伊講話，我是伊較熟似的朋友。我毋敢講出阿爸in對伊的僥疑[278]，閣警察咧探聽的彼層[279]代誌，推講愛共厝--裡鬥做工課無閒[280]。In 兩个閣呵咾我是乖囡仔，包糖仔予我

---

[270] 綴：tuè, 跟隨。
[271] 咧：leh, 表示現狀或是長時間如此。
[272] bá-suh：巴士、客運、公車。
[273] 今仔日：kin-á-ji̍t, 今天。
[274] 拄著：tú-tio̍h, 碰到、遇到。
[275] 歇睏日：hioh-khùn-ji̍t, 假日。
[276] 有通：ū-thang, 有可能、有得。
[277] 足：tsiok, 非常。
[278] 僥疑：giâu-gî, 猜疑、狐疑、懷疑。
[279] 層：tsân, 計算事情的單位。
[280] 無閒：bô-îng, 忙碌、沒空、無暇。

紮--轉-去，講會使[281]分小弟食。

彼冬[282]的日子確實歹[283]渡[284]，無一項好收成，有人講庄--裡的廟仔久無去割香[285]，神明無力通保庇，才會袂順事，按算[286]欲去北港媽祖宮過香引聖。在來阮逐冬攏會倩[287]一台貨物仔車載庄--裡二、三十人去北港，今年收成遐bái[288]，就窮[289]無錢額通倩車，我想著彼个駛大台bá-suh--的，共阿爸講，阿爸講我悾[290]囝，準講[291]伊咧駛bá-suh，嘛是食人的頭路[292]，哪有遐簡單？

---

[281] 會使：ē-sái, 可以、能夠。
[282] 冬：tang, 年。
[283] 歹：pháinn, 不容易、難。
[284] 渡：tōo, 度過。
[285] 過香：kuà-hiunn, 進香。
[286] 按算：àn-sǹg, 打算。
[287] 倩：tshiànn, 聘僱、僱用。
[288] bái：不好、糟糕。
[289] 窮：khîng, 籌、盡量搜集。
[290] 悾：khong, 傻傻呆呆的。
[291] 準講：tsún- kóng, 假設、如果。
[292] 食頭路：tsia̍h-thâu-lōo, 上班、就業。

我毋信聖[293]，去水伯--仔 in 兜揣春蘭阿姊，共代誌講予伊聽，伊想想--咧，講會使共公司稅車，毋過愛閣佮 in 翁參詳看覓[294]--咧。翻轉工，兩翁仔某來到阮兜，共阿爸講伊會使用 bá-suh 載規庄去北港，毋過愛等後禮拜一，車才會當[295]駛--出-來，伊會共公司講欲駛去修理，按呢就免開[296]著庄內人一仙錢[297]--矣。

代誌過真久了後，庄內人猶咧會講坐大台 bá-suh 去北港割香有夠爽快，無親像較早規陣[298]人櫼[299]佇貨物仔車若[300]咧載大豬遐艱苦。北港轉來無幾工，in兩个就予紳士in老爸 tshuā

---

[293] 毋信聖：m̄-sìn-siànn, 不信邪。
[294] 看覓：khuànn-māi, 看看。
[295] 會當：ē-tàng, 可以。
[296] 開：khai, 花費。
[297] 一仙錢：tsit sián tsînn, 一分錢。仙：sián, 錢的單位，百分之一元。
[298] 規陣：kui-tīn, 整群。
[299] 櫼：tsinn, 擠。
[300] 若：ná, 好像、如同。

轉去台北，欲離開有來佮我相辭[301]，彼陣阮兜的人才知影彼个查埔[302]--的 in 兜是台北開客運公司的好額人，查某是公司上班的職員，厝--裡毋予伊娶這个地位無相當的某，才會兩个去公證結婚，來到庄跤所在過家己的日子，查埔--的 in 阿爸猶是會毋甘[303]，才會偷拜託警察定定來關心，隨時報告 in 兩个過了好--無。知影春蘭有身[304]--矣，才肯認這个新婦[305]，tshuā 轉去台北--矣。

通[306]庄干焦我知影彼擺去北港是 in 家己出錢共客運公司稅車--的。✍

301 相辭：sio-sî, 告別、辭行。
302 查埔：tsa-poo, 男性。
303 毋甘：m̄-kam, 捨不得。
304 有身：ū-sin, 懷孕。
305 新婦：sin-pū, 媳婦。
306 通：thong, 整個。

Asia Jilimpo
陳明仁

《Pha荒ê故事》

第六輯：田庄運命紀事

(教羅漢字版)

豬寮成--á kap A 麗

電台 iah 是電視台 chhiâng-chāi 有無牌 ê 醫生 iah 藥劑師 leh 賣藥 á 廣告順續講醫學，我有 kóa 煩惱，身體 ê 構造是眞複雜--ê，有眞 chē 病症到 taⁿ 醫學上 iáu chhōe 無適當 ê 醫療法 tō͘，全世界投入醫學研究 ê 人、財力有夠 chē，m̄-koh 並無開發出來百面成功 ê 藥 á iah 是技術，koh 講，這個時代 mā iáu 有「絕症」ê 存在，無受過專業訓練 iah 是無醫療執照--ê iáu 是尊重專業 khah 好。

醫療需要專業訓練 kap 醫藥、器材設備，人口 khah 密 ê 城市當然就 khah 有合格 ê 醫生館，庄 kha 所在醫療免講 mā khah 落伍，在來 tio̍h-ài óa 靠草藥 á、偏方、赤 kha 先 á 這類 ê 自力救濟。我做 gín-á 生活 ê 庄 kha 就無 gah 1 間醫生館，若 m̄ 是眞傷重 ê 破病就 hioh--1-下，倒--1-下，看 ka-tī 會好--bē。上 chē 是食人專門

theh 來寄 ê 便藥 á，he 是普通腹 tó 疼、感著風邪 iah 是漏屎這幾款輕症頭 chiah 食會行氣，若 tú 著眞正 phái^{n} 剃頭--ê，mā tioh chhià^{n} 貸切 á 車去市內 ê 大病院。

我 beh 講 góan 庄--nih 頭 1 個赤 kha 先 á，照這 chūn ê 講法應該是「密醫」，就是無牌 ê 醫生，爲著合故事時代背景 ê 氣氛，我 iáu 是講赤 kha 先 á，i 本名是「成--á」，phāi^{n} 藥箱 á 做先生了後，身份應該有 khah kôan，m̄-koh 庄 kha 人 bē-hiáu beh 尊 chhûn，mā kāng 款叫 i「成--á」，極加是患者爲 beh hō͘ 歡喜，當 i ê 面稱呼「豬寮成--á」。成--á 原本 kap 醫學 1 sut-á 牽聯都無，去做兵 soah hō͘ 頂司派去軍醫室做小使 á，就是這 chūn 講 ê「工友」，人講「曲館邊 ê 豬 á 聽久 mā 會 phah 拍」，成--á 退伍了後，講 i 是軍中 leh 做醫生，有學著上現代 ê 醫術，爲 beh 證明 i 眞正是內行--ê，koh 專門講 1 kóa 醫生話，上捷講--ê 是「你需要治療」，庄 kha 人無智識，聽走精--去，kā「治療」聽做「豬寮」，想講「豬 m̄ chiah 會需要豬寮」，也 m̄

敢 siuⁿ 問，kan-taⁿ 稱呼 i「豬寮成--á」表示尊重。

我做 gín-á ê 時身體無勇，到這時 mā kan-taⁿ 大箍把好看頭 niâ，3 頓飽藥罐 á 無離手。Tī hit 款 pha 荒 ê 時代，gín-á 人 lóng gâu 腹 tó͘ 疼 kāu bīn 蟲，若無 kài 傷重，就食 bīn 蟲藥 á 就準 tú 好，有 1 款 bīn 蟲藥 á 是做 gah ná 餅--leh，食--起-來 koh 甜甜，gín-á iau-kúi 無腹 tó͘ 疼 mā 會假病 the̍h 來做糖 á 食，大人看 m̄ 是勢，就 hoan 咐寄藥包 á--ê mài khǹg hit 款甜 ê bīn 蟲餅。有 1 pái，我半暝腹 tó͘ 實在是疼 gah chih-chat bē tiâu，a-pa 本底就無 leh 信 hit 個 Hau-siâu 成--á，到這個 khám 站，a 公講「khah 苦 a̍h tio̍h 請 i 來」，總--是 bē-tàng 看 i ê 金孫 tī 眠床頂 siak 來 siak 去，目 chiu 金金人傷重。

A-pa kap 成--á 自早就無好，tī 成--á iáu 未做兵 chìn 前，bat 參加割稻 á 班，sì-kòe 去趁工，輪著 kap 成--á kāng kâⁿ 踏機器桶--ê lóng 嫌講成--á 無 lám 無 ne，連 1 su̍t-á 力都 m̄ 出，kap i kap-kâⁿ 眞食監。成--á hit 支嘴 koh 眞破格，特別興

kap 人相諍，人 leh 講拜佛燒金 ê tāi-chì，kap i 也無 tī-tāi，會笑人迷信，講無 chhái 人ê 錢買紙燒燒--掉；人講今年苦瓜好價，ta̍k-ê siáu leh 糴籽，i 就 chhiàng 講 mê 年一定大落，hōan-sè 價 siàu 落 gah 無夠肥料錢。有 1 年 góan a-pa 就種 5 分外地 ê 苦瓜，頂年 iáu 是 chiok 好價，hō͘ 破格成--á hit 支破格嘴講 1 下 soah 有影落 gah 車無夠工錢，5 分外地 ê 苦瓜 lóng kauh 落去做肥底，góan kui 家夥 á mā 食 1 年苦瓜，炒苦瓜、苦瓜湯、豉鹹做苦瓜 kê，食 gah kui 厝內 lóng 變苦瓜面，眞正是苦年，莫怪 a-pa 會 hiah 氣這個破格兼 hau-siâu 成--á。

成--á 聽著是 a-pa beh 請 i 來看--我-ê，無掛半暝 á 冷 ki-ki，藥箱 á phāiⁿ--leh 隨就拚--來，看我 ê 舌，péng 我 ê 目 chiu，koh jih 我腹 tó͘，ná 問講：

「你有食 siáⁿ-mih khah 罕見 ê 物件--無？」

「Beh 暗 á 時我 tī 厝後樹 á kha 挽著幾蕊草菇，i--á 煮飯 ê 時，我 khē tī 灶空 pû 熟，食了--a。」

「He 草菇有 ê 有毒，che 需要診斷 kap 治療。」

Góan a-pa 應 i 講：「騙 siáu--ê！He 草菇 góan tiāⁿ-tiāⁿ 挽 leh 食，若有毒，kui 家夥 á 早就 thāu 死了了--a。I 是腹 tó 疼，緊 kā 注射--lah，mài 講 he siáⁿ-mih leh 眞緞假緞 iah 是豬寮牛寮--ê。」

成--á 替我 kā 腹 tó jih-jih--leh，感覺有影 khah bē hiah 疼，包藥 á 叫我隨食，無 jōa 久，我就眞正睏--去，m̄ 知 thang 疼--a，食 2 工藥 á kap ám 糜 á，我 ê 腹 tó 疼就好--a。雖 bóng 是成--á kā 我醫好--ê，m̄-koh i kan-taⁿ 叫我食 kóa 藥 á，也無注射，我無感覺 i 有 siáⁿ 醫術，a-pa mā 無改變對 i ê bái 印象。

隔壁庄--nih 有 1 個 A 麗--á 是無 chiok 月出世--ê，人是親像名 án-ni 生做有美麗，m̄-koh 頭殼無 kài 好，現代話講是「智能不足」。普通時無論 siáⁿ 人 kap i 講話，i lóng 會文文 á 笑，若 mài 講破，會感覺 i 氣質眞 chán。A 麗 18 歲 hit 年 bat 有人來看過親 chiâⁿ，cha-pơ gín-á 眞

kah-ì，hit pêng ê sī 大人有拜託人去 in 庄頭 á 探聽，人疼惜 A 麗，無講 i ê phái^{n} 聽話，就來落 tiā^{n}，cha-pơ gín-á mā 有約 A 麗出--去-過，看這個姑娘無愛講話，無論 cha-pơ--ê 講 siá^{n} i lóng 甜甜 á 笑，想講 tiā^{n}-tio̍h 是理想 ê 家後，就看日 beh 娶 tńg 去做 gín-á ê a-i。Nah 知結婚前 chiâ^{n} 禮拜，未來 ê ta-koa^{n}-á m̄ 知 ùi toh 探聽著 A 麗 ê 頭殼有故障，反悔 soah 退婚，cha-pơ gín-á 有 kóa m̄ 甘，m̄-koh mā m̄ 敢違背 sī 大人。

A 麗 mā 可憐，hō͘ 人退婚 mā 是面甜甜 á 笑，kāng 款 tī in 庄--nih 田頭 á 散步、挽花 khau 草 á 編花環插頭鬃，mā 會 tī 溪 á 邊唱歌 hō͘ ka-tī 聽。In a-i 早就過身--去，chhun 老 pē beh chhiâ^{n} cha-bó͘ kiá^{n} 有影 bē-tàng hiah 貼心，A 麗自細漢就慣勢 ka-tī chhōe gī-niū，koh 1 kóa gín-á 伴有時 á 會欺負-- i，hō͘ i koh-khah 孤單。In 老 pē 來 chhōe 成--á 講 A 麗 m̄ 知 án-chóa^{n} 這 chām-á 人 lóng siān-siān，無 siá^{n} 愛食糜飯，腹 tó͘ koh tiā^{n}-tiā^{n} 會悠悠 á 疼，請成--á 若有 êng 去 kā 看--1-下。

過無 jōa 久，成--á soah 會 chhōa A 麗來góan

庄 chhit-thô，tī 竹林 á 路散步，去油菜花田 liàh 蝶 á，有時 i phāiⁿ 藥箱á 出診 mā 會騎鐵馬載 A 麗，人風聲講「成--á kap A 麗大概有 siáⁿ 曖昧」。我 bat tī 店頭 á 聽 a-pa kap 1 tīn 大人開講，有人講：

「A 麗是文 siáu m̄ 是武 siáu，人koh súi-súi--á，成--á 大概 beh 娶 i tńg 來做 bó͘。」

A-pa 應講：「Siáu A 麗是眞可憐，破格成--á 眞無良心，連 án-ni ê 人都騙會落手，有影是 sià 世(sì)sià 眾(chèng)。」

我問 a-pa：「A 麗 in tau kám 是好 giàh 人？無，成--á 是 beh 騙 i siáⁿ？」

A-pa 罵我：「Gín-á 人有耳無嘴，大人講話 mài 聽。」

眞正過無 1 個月，A 麗 in 老 pē 來 góan 庄 tâu 莊書文先生，莊--先-生是 chia ê 頭人，koh 兼做鎮民代表。講 góan 庄 hit 個做醫生 ê 成--á kā in A 麗騙大腹 tó͘，若是普通正常 cha-bó͘ gín-á 會 sái 講 ka-tī hiâu、ka-tī 興，i mā m̄ 敢過庄來 ka-tī chhōe kiàn-siàu，m̄-koh A 麗 m̄ 知世事，請

莊--先-生替 i 做主。莊--先-生眞 siū^{n}-khì，叫成--á 來問，問 i beh án-chóa^{n} 解決。成--á 在來都 chiok kāu 話--ê，到 gah 這款地步，mā soah 無聲無說，頭 lê-lê tiām-tiām 據在莊--先-生 kā 惡。尾手，莊--先-生講 tāi-chì kah án-ni--a，無，就 A 麗娶娶--leh，對 in hit pêng chiah 有 1 個交帶，成--á 若肯，i beh 出面去講親 chiâ^{n}。

成--á 娶 bó͘ 是庄--nih 頭 1 個無放帖 á hō͘ 人鬧熱--ê，kan-ta^{n} 辦 1 桌請莊--先-生陪 A 麗 in 老 pē，chhím 頭--á 連成--á in a-pa 都 m̄ 肯食桌，莊--先-生去 kā 好嘴 ko͘-chiâ^{n} chiah 來陪親 ke-á 坐桌。

成--á 結婚了，khah 無 leh 講破格話，m̄ 是 i 有 siá^{n} 改，是自 i kā A 麗 bú gah 大腹 tó͘ 了後，庄內人看 i 無起，這款 m̄-chiâ^{n} 人原本是 ài hō͘ 人 phùi 痰 phùi nōa--ê，雖 bóng 有 kap A 麗結局，iáu 是 hōan 人 khia，我知影 i ùi 豬寮成--á koh變做「Lah-sap 成--á」，就 thang 知影 i tī 庄內人心肝內 ê 地位，這款名聲會 sái 講臭 kiâ^{n}-kiâ^{n}，beh nah 有人 beh koh chhōe i 來看病，hit kha 藥箱 á soah m̄-bat koh phāi^{n}--過，無 ta-ôa，換 phāi^{n} 1 kha 魚籠 á sì-kòe 圳溝 á liàh 魚 á khioh hô͘-liu，總--是 chhōe kóa 油臊 hō͘ 有身--ê 食營養。

A 麗生--a，是成--á ka-tī khioh gín-á tn̄g 臍--ê，庄 kha 人無 hiah gâu 記人 ê 欠點，成--á 燜油飯請--人，眞 chē 人有去看 hit 個 cha-po͘ 嬰--á，mā kā in 翁 bó͘ 恭喜，kan-ta^{n} a-pa káu-kòai，m̄ 收 in ê 油飯，講成--á 眞早就 kā A 麗 lām-sám 來，chiah 會新娘 chiah 半年就生 kiá^{n}，hōan-sè 就是 án-ni，A 麗 m̄ chiah 會去 hō͘ 頭前 hit 個退婚。庄--nih-ê 想想算算--leh koh 有影，A 麗 ka-tī mā 是無夠月生--ê，m̄-koh 無差 hiah chē，nah 有人 chiah 6 個月就生，講--起-來這個 Lah-sap 成--á 有影夭壽骨！

嬰 á 滿月了，A 麗 hit 個無緣 ê ta-koa^{n} soah 來求莊--先-生，講 beh 請 i 做主，講 in 後生本底 tī 農會食 thâu-lō͘，kā A 麗退婚了後，換做 1 個修 chéng 甲 ê 姑娘 á，mā kōa^{n}-tiā^{n}--a，in 後生去 hak 1 台 o͘to͘bai，soah 去出車厄來不幸--去，beh 過身 ê 時有留遺言講 A 麗 hit 個 gín-á 是 i ê，

望老 pē 去抱 tńg 來養 thang 傳後嗣。若 m̄ 信會 sái 算 gín-á 是 tang 時有--ê，koh thèng 好去驗血。

成--á kā 莊--先-生應講：「講 gín-á 是我 ê 是你，這 chūn 你 koh 講 m̄ 是我 ê，你是地方 ê 頭人，nah 會 soah 講話顛顛倒倒？免驗，gín-á 就是正 káng 我成--á ê，叫 siáng 來講 mā kāng 款。」

A 麗 gín-á 抱--leh，kan-taⁿ 文文 á 笑，做老母 ê A 麗比 khah 早 khah súi，mā 真溫柔。

Koh 來，庄--nih koh 有人請成--á 去看病，無人 koh 叫i「破格成--á」，m̄-koh iáu 是 m̄ 知 hit 句「治療」ê 意思，mā kāng 款尊稱 i「豬寮成--á」。✍

老實ê水耳叔--á

Kiám-chhái 有人專工找作者 ê 麻煩，嫌這個題目無夠台語口語化，應該是 kó͘ 意 iah 是 tiau 直 ê 水耳(Chúi-hīⁿ)叔--á。Che ài 容允我解說--1 下，kó͘ 意、tiau 直是對內涵 ê 論定，老實是 kan-taⁿ 對表面 ê 印象 niâ。講，是 án-ni，大概 iáu 有人 sa 無 siáⁿ 有，無要緊，我 kā 水耳叔--á ê tāi-chì 講了，就 thang 知影我講 ê 老實 kap kó͘ 意、tiau 直是差 tī toh 位--a。

水耳叔--á 漢草生做 sán koh 矮，自細漢 in pē 母就煩惱 i 後 pái sit-thâu bē 堪--得，厝--nih ka-chài 田作少，若娶 1 個 khah giám-ngī ê bó͘，就應付會去--a。Tī hit 個農業需要大量人工勞力 ê 時代，cha-po͘ gín-á 到 14、5 歲 á 就算大人，ài kap 人相放伴 so 草、播田、割稻 á，前 2 項 khang-khòe iáu 免 siáⁿ 氣力，極加是 kha 手 khah sô--tām-po̍h-á niâ，bē 去犯著人嫌，割稻 á 就無 kâng-

-a，便若輪著 kap i tàu 1 kâ^{n} beh 踏 phah chhek-á ê 機器桶，別人 tio̍h-ài 加 khah 出力，拖機器桶 ê 時，mā 是 lóng 另外 hit 個出 khah chē 力。尾手，眞 chē 人割稻 á beh 組班 ê 時，lóng 無愛 hō͘ i 份額。

有影是「1 支草 1 點露」，親像水耳--á 這款體材--ê，猶原會娶著 sù 配 ê 家後。Hit 時別庄有 1 個 cha-bó͘ gín-á，beh 20 歲--a iáu 做無人愛，m̄ 是有 siá^{n}-mih khôe-kha 破相，人 mā 無 leh khiap-sì，精差體格粗兼大 kha-pô͘，買無合軀 ê cha-bó͘ 人鞋 thang 穿，在來 lóng 是穿 cha-po͘ 人 leh 穿 ê tha-bih-á。庄 kha 人欠會作 sit ê cha-bó͘ 人，漢草粗無人會嫌，hit 個姑娘上 bái-châ--ê 是講話大嚨喉空，民間傳講若這款 cha-bó͘ gín-á mā 是破格(phòa-keh)，hō͘ 人相過 5 kái，千(sian)相都 bē 成，有人報水耳--á in 老 pē，chhím 看--著就kah-ì--a，年中 kōa^{n}-tiā^{n}，未年尾就娶入門。

水耳嫂--á 1 個 cha-bó͘ 人作 sit 頂 2 個 cha-po͘ 人，tú 嫁--來 beh chiâ^{n} 個月，有販 á 來 lia̍h 豬，1 隻 kui 百斤 ê 豬 phoe-á，縛大索 beh 扛起來過

秤，豬 á 一直 liòng，koh háu gah kòⁿ-kòⁿ 叫，索 á pháiⁿ 縛。水耳嫂叫眾人閃，手 ńg pih--1 下，hoah 1 聲「haih-sioh」，ka-tī kā 豬 á giâ--起來，邊--á ê 人 chiah 緊索 á 縛好勢。庄內人 hán 講水耳--á 娶著這個勇 bó͘，穩苦--ê，nah 知，這個 cha-bó͘ 雖 bóng 性地無好，對翁婿 koh 真溫純，矮 á 翁講東就東，講一是一，bē kap i ke̍h-ko。

有 1 pái，眾人 tī 土地公廟 kha ê 老 chhêng-á 邊 ōe-hó͘-lān，Ku-lí-á 笑水耳--á 無 lō͘ 用，舊年割稻 á giâ chhek 包，無 2 chōa 就軟 kha--去。話傳去到水耳嫂 ê 耳空，hit chūn i tng-teh 掘菜園，鋤頭未赴放，chông 去 chhōe Ku-lí-á，ná 走鋤頭頂頭 tiâu ê 塗 koh ná lak。Ku-lí-á tú tī 門口埕 teh giâ 石磙，看著水耳嫂--á 來，笑笑問講：

「水耳嫂--á，罕行。」

這個 chhiah cha-bó͘ 無話無句，鋤頭放掉，孤手 kā 2 粒 40 斤 ê 石磙 kōaⁿ kôan koh tǹg 落塗，kan-taⁿ 看著塗 kha lap 1 空，Ku-lí-á 1 支嘴 á 開開，m̄ 敢加話，直會失禮 chhē 不是。水耳嫂--á 自頭到尾無講 gah 半句話，鋤頭 gia̍h--leh，koh tńg 去掘菜園，自 án-ni，通庄無人敢 koh chhìn-chhái phì-siùⁿ 水耳--á。

我對水耳叔--á ê 印象 bē bái，i bat tn̄g 著我，問我是 siáⁿ 人 ê kiáⁿ，koh 出 13 加 24 是 jōa-chē 這款 ê 算數(sǹg-siàu)hō͘ 我答，若加了無 têng-tâⁿ，會賞我 1 粒楊桃 iah 是柑 á 做獎勵。自細漢，tī 庄--nih 我就 hō͘ 人 o-ló 講是「khiáu gín-á」，tiāⁿ-tiāⁿ 有人出算數 iah 是簡單 ê 謎猜 hō͘ 我 ioh，有時，我 mā 會假 ioh 了 m̄-tio̍h--去，對方會眞歡喜，考倒這個 hō͘ 人稱呼做「天才」ê gín-á 是眞 iāng ê tāi-chì，了後 koh 出另外 1 題 hō͘ 我算，這 pái 我就無細膩 kā 算--出-來-a。水耳叔--á kap 別人 kāng 款，若考倒我 1 半 pái-á 就會 sì-kòe 去展 hō͘ 人知。

水耳--á 娶著好 bó͘，3 頓款燒燒，衫褲穿 chhio-chhio，食好做輕 khó，粗重--ê lóng hō͘ in bó͘ 搶去做，變通庄上好命 ê cha-po͘ 人，有人講「食有 1 頓燒，就會想 beh chhio」，1 粒 hái-kat-á 頭吹 gah 金 sih-sih，sì-kòe 去風騷，無 jōa 久，就聽講 kat 著 1 個 hóe-kì。水耳嫂有聽著風

聲，i 也無 beh 拆破面，kā in 翁 phah 青驚，講是想 beh kā 草厝翻瓦厝，欠錢用，去 hak 1 擔雜貨，叫 i 擔去庄頭路尾 sì-kòe hoah 賣，án-ni khah bē 食飽 siu^{n} êng lōa-lōa-sô，惹風波。我所會記--得，i 賣點燈火用 ê 番 á 油、洗衫 ê sơh-tah kap 糖 á 餅 á 這款 gín-á 嘴食物。Hit 時，góan 庄 iáu 無牽電火，番 á 油是家家戶戶日常生活 tiā^{n}-tio̍h ài 用--ê；洗衫 mā 無茶 khơ、soat-bûn、洗衫粉，有人用 ba-bui 籽洗，用 sơh-tah--ê khah chē。

我 4 歲半 beh 5 歲 hit kha-ta̍h-á，góan tau 有 1 lo̍ah 田改種 am 瓜，糴(tia̍h)籽 ê 時，有去濫著梨 á 瓜籽，am 瓜園有時 á 會 chhōe 著梨 á 瓜，góan i--á 去 khau 瓜 á 草 ê 時，我興 tòe i 去 bóng 巡看有梨 á 瓜 thang 食--無。我是大孫，a 公惜--我，專工去買 1 頂 pû-hia khok-á hō͘ 我戴出門。

He 是我頭 pái 去到田--nih，ta̍k 項物件我 lóng 感覺眞好玄，i--á piān 若 i bat ê 花草樹叢，lóng 會教hō͘ 我知，我 iáu 會記得頭 pái tī 田頭 ê 溝 á 看著水ke-á，笑 gah giōng-beh 跋跋--倒。在

來，我所知 ê 水 ke lóng 是 khah 大隻--ê，無老á mā tio̍h thûn-á，大人 chiah 會 lia̍h tńg 來煮湯，hit chūn 看著 thngh-thngh 隻 á ê 水ke-á-kiáⁿ，免講 mā 會起愛笑。I--á 教我講：

「有親像你 chiah 細漢 ê gín-á 當然就有細隻 ê 水 ke-á-kiáⁿ」。

I--á teh khau 草 á ê 時，我 tī 邊--á 灌 tō͘-peh-á，看著有塗 èng ê 所在，塗粉 á póe 開，就會 chhōe 著 1 空，用銅管(kóng)á té 水 kā 灌--落去，無 kài 久，水面會起漣(lêng)，講是 tō͘-peh-á teh 洗面--a，隨就會看著 2 支鬚伸--出來，án-ni 就 lia̍h--著-a。有時我會去 lia̍h 金龜，tng 開 ê 番 sé 花是金龜上愛 hioh ê 所在。到 beh 晝，我嫌熱，吵 beh tò--去，i--á khang-khòe 做 iáu 未煞，m̄ 甘 hioh，tú 好水耳叔--á 擔貨 tùi 田頭 á hit pêng 過，i--á the̍h 1 角銀出--來，叫我去買含 á 糖食。

我 1 角銀 gīm tī 手--nih，tìm-tìm，心頭眞燒 lo̍h。Hit chūn ê 銀角 á 有 4 款，1 角--ê 有 2 種，紅銅 kap『鎳』做--ê；紅銅--ê khah 重，我手

thėh ê hit 個就是。2 角--ê mā 是『鎳』--ê，khah 大個，m̄-koh 無價値感。5 角--ê 上有額，正銅--ê，眞重。He 是我這世人頭 pái 用錢，眞歡喜。我 ná 走 ná hoah：

「水耳叔--á，kā 你買糖 á！」

水耳叔本底面憂憂，看著我 chiah tńg 笑，kā 我 ê 1 角收--去，叫我 ka-tī 揀 1 粒糖 á，koh hoan 咐講 ài kā góan i--á 講 i 有 hō͘ 我 1 粒含 á 糖。我目 chiu 金金看 i 矮矮 ê 身影 tī 日頭 kha 愈徙愈細--去。

Góan i--á iáu teh 無 êng，看著我嘴--nih 含 1 粒糖 á，問我另外 hit 粒袋 tī toh 位。我講水耳叔--á chiah hō͘ 我 1 粒 niâ，góan i--á 眞 siūⁿ-khì，講水耳--á 大人大種--a，soah 騙(pián)頭 pái 用著錢 ê gín-á，眞無 1 個款。講翻 tńg 工 chiah koh tòe 來瓜 á 園，tng 等水耳--á kā 討 hit 粒糖 á。

Hit 暗，我早早就去睏，天 iáu 未光就 peh 起床，等 i--á chhōa 我去瓜 á 園。I--á 講我「khong kiáⁿ」，beh 去園--nih mā tiȯh 等 i 碗箸洗好，豬菜款好，豬 á 飼飽，hit 時都 8 點外--a，

這 chūn chiah 5、6 點 niâ，會 sái koh 去睏。我驚睏過頭，i--á 偷走去園--nih，就守(chiú) tī 灶 kha kā i tàu long 草 in 入去 hiâ^{n}。

Hit 工，水耳叔--á khah 早來到田頭 á 路，我緊走去 chhōe--i，i--á mā tòe 後壁 jiok--來，看著水耳--á 就 kā i lé，罵 i 不應該 su̍t gín-á ê 錢，明明 1 角銀會 tàng 買 2 粒含 á 糖，nah 會 chiah the̍h 1 粒 hō--我 niâ。水耳叔--á 面 á 紅 kì-kì，一直會失禮，講是 i 1 時糊塗 hut m̄-tio̍h--去會補我 1 粒。Góan i--á m̄ 放 i 干休，叫 i ài 誠意--1 下，看 án-chóa^{n} 賠--我 chiah 會 sái。

水耳叔--á 想想--leh 講 beh 通庄 kā 人請薰請檳榔，公開會失禮。Góan i--á soah 想 phái^{n}-sè，講免 hiah 工夫，小 khóa 意思--1-下就好。I 的確 beh án-ni，講若無，i 1 世人日子 phái^{n} 過。

通庄請人食薰 kap pō͘ 檳榔是真 kiàn-siàu ê tāi-chì，自來有 2 種人 chiah tio̍h án-ni，做賊 á hō͘ 人 lia̍h--著 iah 是討契兄 kat hóe-kì 出破。水耳叔爲 1 粒糖 á niâ，排這款場面，實在有 khah 傷重。翻 tńg 工，水耳叔--á 頭 lê-lê，捧薰 kap 檳

榔 sėh 庄內路，tú 著人就 kā 薰 kap 檳榔 tiām-tiām tu hō--人，lóng 無講 gah 1 句話。厝邊問講「水耳--á 是犯著 toh 1 條」，góan i--á 就 kā 減 hō 我 1 粒糖 á ê tāi-chì 講 hō 人知。水耳嫂--á 聽--著了後，kan-ta^{n} 笑笑講：

「大人 sủt gín-á，hông 罰是應該。」

過 2 個月，góan a-pa 去隔壁庄 kā 人tàu 搭 siông-jiông 寮 á，tńg--來，hit 暝 beh 睏，kap góan a-i 細聲講話，我就睏 tī in 身邊，假睏--去，偷聽 in 講，我 m̄ 是聽眞有，總--是，知影 in teh 講水耳叔--á ê tāi-chì。I tī 隔壁庄 kap 1 個 cha-bó 偷來暗去，cha-bó in 翁 m̄ 知 án-chóa^{n} soah 知影，m̄ 放水耳--á 煞，beh 去 tâu 水耳--á in bó。水耳 kā 人求情，講 beh 通庄請薰請檳榔，對方講 bē-sái tī 這庄請，若無，kui 庄就 lóng 知--a，要求 i tńg 去 ka-tī ê 庄內請。水耳--á 頭殼眞好，利用我頭 pái 買糖 á m̄ 知行情，減 hō 我 1 粒，趁機會假會失禮，án-ni，對隔壁庄 hit pêng mā 有 1 個交代。我 kap góan i--á hō i 設計--去，koh leh 替 i phái^{n}-sè。

庄內人風評講「水耳--á 做人老實，連 sùt gín-á 1 粒糖 á 都良心 bē 得過，請薰請檳榔通庄 kā 人會失禮。」我 m̄ chiah 會講是「老實 ê 水耳叔--á」。✍

1人1款命

現代社會有婦女、勞工、殘障、gín-á 各種關懷 ê 團體組織，連 kan-ta^{n} 有老 pē iah 是老母 niâ 這款 ê gín-á mā 有專門 leh 關心--ê，講是「單親家庭」ê 關懷組織，照講社會會愈來愈康健 chiah tio̍h，nah 知問題 ká-ná 是 soah 愈 chē，che 應該是資訊發達，社會複雜引起--ê。

這篇 beh 講--ê mā 是 1 個單親家庭 ê 故事，講著 1 個大人 án-chóa^{n} 苦心 kā 1 tīn gín-á 拖 gah 大，一般人 ê 印象是 cha-bó͘ 人 khah 有法 tō͘，m̄-koh góan 附近 ê 番 á 田 hit 庄就有 1 個 cha-po͘ 人 kâ^{n} 5 個 gín-á 大 hàn ê tāi-chì，有影是 1 人 1 款命，有價值 khioh 來講 hō͘ 世間人知。

若去番 á 田庄探聽 kui 庄 siáng 上 kut-la̍t，應該 bē 少人會承認講是欽--á，庄 kha 人生本就 kut-la̍t，che 無 siá^{n} thang o-ló--ê，欽--á 會 hiah kut-la̍t 有人講是 tām-po̍h-á 種著 in 老 pē A 田，in tau

土地作 5 分 thóng，比--起-來是有 khah 少，koh 有 1 半是 tī 崙 á 後，水食 bē siáⁿ 會著，kui 遍 ná 沙 á 地--leh，kan-taⁿ 會 tàng ta 作種 kóa 番藷、塗豆，A 田講 gah 眞 tio̍h：

「Góan 老 pē 就是怨嘆 ka-tī 留 hō͘--我 ê 田 siuⁿ 少，kā 我叫做 A 田，望我看有 thang 加趁--kóa，hak 田地傳後代，田作少是現 tú 現--ê，無法 tō͘--lah，m̄-koh 做雞 tio̍h chhéng，做人 tio̍h péng。土地若 khah 勤 péng--leh，mā 會生 khah chē 物件。」

對作 sit 人來講，gâu 生 lóng 是好--ê，m̄-koh A 田會記得 in 老pē ê 交帶，爲著 beh hō͘ 下代 kap 人有 1 個比 phēng，甘願後生 1 個就好，án-ni in 後生欽--á 會有 5 分外地，別人雖 bóng 有 2 甲，分 hō͘ 4、5 個後生了後，得--ê 無 phēng 欽--á khah chē。欽--á 自細漢就聽老 pē 苦勸，知影 ài 拚勢做，m̄-koh 看人有幾 nā 個兄弟，無論 so 草、播田、割稻 á lóng 免 chhiàⁿ 工，i 孤 kha 手拚 gah 歪腰，koh 若搶風趕雨，就操煩 sit-thâu 未赴，beh chhiàⁿ--人步步 tio̍h 工錢，別人是 kap

人放伴做，免 khai gah 1 sián 錢，i ka-tī ê sit 都作 bē 去，beh nah 有法 tō͘ 去 kap 人放伴？到 beh 娶 bó͘ ê 時，就 tiau-kang 揀 khah 粗勇--ê，tú 好有人報講塗人厝庄有 1 個姑娘，人是無 siá^{n} khiap-sì，生張 kap 漢草 lóng 算中 pān，精差 kha-pô͘ 有 khah 大，照 hit 時 ê 講法，m̄ 是庇蔭翁婿 ê 好命格。欽--á 去相了，别項無 siá^{n} 斟酌，獨獨 kah-ì 姑娘 hit 粒 mo͘h-tah，大 kha-chhng，馬力有夠強，hm̄ 人婆--á 講--ê，穩 gâu 生--ê。

珠--á 嫁--來了後，有影無失 ka-tī ê 氣，照生產指數，1 年 1 個，連續 5 年生 5 個，無 gah 1 年 làng 縫。人講產前補胎，產後做月內，cha-bó͘ 人 beh 會生第一要緊就是食補，頭 chiū^{n}-á 就有 leh 斟酌，二胎 mā 順事，續--落 tio̍h 手--nih 抱、後壁 āi^{n}，koh 腹 tó͘ 內 kâ^{n} 1 個，眞 thiám-thâu，beh nah 有法 tō͘ koh 安胎做月內，到第 4 胎生了，產婆 khioh gín-á 加眞費氣，kā 欽--á 講 m̄-thang koh 生--a，若無，珠--á 身體眞損。欽--á 想講 4 個也算有夠 kha 手--a，nah 知無 tiu^{n} 無 tî soah koh puh 第 5 個出--來，hit chūn

醫學技術無 hiah 好，有都有--a，就 hō͘ 生，產婆 khioh ban-á kiá^{n} 加眞了 kha 手，人講生會過是雞酒 phang，生 bē 過就棺柴枋，珠--á 目 chiu 金金人傷重，無神無神親像 leh kā 翁婿會失禮，無講無 tà^{n} 就去--a。

欽--á 1 個 cha-po͘ 人作 5 分外地 koh beh 顧 5 個gín-á，有影眞食力，in a-pa A 田 koh 少年操過頭，tī 做頭 pái a 公 ê 時就 hō͘ 人扛去墓崙安 hioh--a，老母是人 iáu 好好，精差翁婿 siu^{n} 過 gâu，i kan-ta^{n} 3 頓顧灶頭，軟 kha 軟手，極加是 tàu chhōa 1、2 個 gín-á，等珠--á 去了後，欽--á 去田--nih kā 5 個 gín-á lóng 放 hō͘ i 顧，無 2 年，就驚 gah 放手 tòe 老翁去 khah kui-khì。欽--á 孤 1 個作 sit 都 leh 艱苦--a，koh 無幾年做 3 pái 喪事，hak 棺柴、chhià^{n} 師父唸經，mih--á pà--á，khai 錢傷重，phāi^{n} kui 條債，有想 beh koh chhōe 1 個後 siū，m̄-koh mài 講 chhôan 無聘金料，附近無 cha-bó͘ gín-á 肯 giâ-kê做 5 個 gín-á ê 後母，無 ta-lí-ôa，ka-tī 嘴齒筋咬--leh，拚 gah 烏天暗地。

欽--á tåk 工 lóng 透早 5 點就起--來，先hòatlo̍h 豬菜、煮飯、飼牛、kā cheng 牲 á 換水款料，kā gín-á hoah 起來洗手面，大 hàn--ê kap i kāng 款食飯，細漢--ê 飼米奶，交帶大後生 chhōa 2 個小弟 kap 1 個小妹，ka-tī chiah kā ban-á kiá^{n} āi^{n} leh kha-chiah-phia^{n} 後，牛車頂款 ke-si，去田--nih 做 chái 起 ê khang-khòe，到晝，緊拚 tńg 來煮飯，koh ho̍at-lo̍h cheng 牲 á，碗箸洗好，無時間 hioh 晝，就 koh 去田--nih，ka-tī 摸gah 日頭落，無看見 thang 做--a，chiah 甘 tńg--去，到厝，別個 cha-po͘ 人這時就 khiau kha 等食暗，i 是款人 kap cheng 牲 ê 食糧，洗衫 á 褲兼kā gín-á 洗身軀，聽候款離，都也暗--a，有時 á 睏無 3 點鐘久就 koh 去田頭 á 巡田水，顧水是 ná 顧 ná tuh-ku，koh 有公所、農會、學校、藥房、廟--nih、厝邊隔壁、親 chiâ^{n} 陪 tòe ê 人情世事 li-li khok-khok，lóng tio̍h i 去，1 工 ê 工作量會驚--人。

有 1 pái，góan 庄--nih ê A 英--á 去番 á 田割稻 á，kui 班割到上尾主 A 欽 in tau，頭 pái 看著 cha-po͘ 人 leh 擔點心 kap 中晝頓 hō͘ 工 á 食，問--

起-來 koh 是 i ka-tī 煮--ê，翻 tńg 工，專工去 kā 欽--á tàu péng chhek-á，看 beh 晝--a，kui tīn gín-á lóng iáu 無 thang 食，ka-tī 去灶 kha chhōe 米甕，後壁園 á khau kóa 菜，煮 hō͘ gín-á 食。欽--á tú ùi 田--nih 總(cháng)稻草 tńg 來 beh 煮晝，看 A 英 kap 4 個 gín-á leh 食--a，頭 pái tńg 來厝有 1 頓燒 chhôan 便便 leh 等，kā kha-chiah-phiaⁿ āiⁿ ê gín-á tháu--落-來，ná 飼米奶 ná 流目屎，想著珠--á 在生 ê 日子，雖 bóng 無 êng，mā 會料理厝內事，無親像這 chūn i ài bú 外兼顧內。

A 英本底是嫁去老窯庄，死翁了 hō͘ ta-kóaⁿ-á 趕 tńg 來後頭厝，i 生做大 khơ 把，面貓貓，眞勇，kap 珠--á koh 有 kóa 相 siâng，欽--á 看著 A 英感慨眞深，che 也莫怪。隔 2 工，田 lóng 割離--a，A 英 ka-tī koh 來番 á 田欽--á in tau，欽--á 這時當然 koh āiⁿ gín-á 去田--nih，chhun 4 個 gín-á 看著 A 英來，歡喜 gah 一直叫 i a 姨。這世人，A 英 m̄-bat 感覺有人 hiah 需要 i，chhōa in chhit-thô，買 sì-siù-á hō͘ in 食，koh kāng 款中晝頓煮好，iáu 未等欽--á tńg--來，就

先走--a。欽--á 看著 4 個 gín-á lóng kha 手清氣 tam-tam，koh tȧk-ê 歡頭喜面，講 hit 個 a 姨 jōa 好 tú jōa 好，心肝頭 chhėk 1 tiô，soah 有 kóa ǹg 望。

Koh 來 ê 日子，A 英 1 個月有 3、4 kái 會來番 á 田，便來 lóng 晝暗款好就走，無 kap 欽--á 見著面。I 是驚 phái^{n}-sè，庄 kha 人眞 kāu êng 話，kan-ta^{n} án-ni 就有人風聲講「A 英 leh siáu 翁，連 he 死 bó͘ kâ^{n} 5 個 gín-á--ê 都 beh」。確實 A 英 ê 意思 kám 是 án-ni，he 連 i ka-tī mā m̄ 知。

欽--á 本底生活眞單純，雖 bóng 無 êng chhih-chhih，總--是暗時 thiám 就睏，1 暝到天 phah-phú 光，nah 知自 A 英來了後，soah 睏 lóng bē 落眠，日--時 koh sit-thâu 眞重，精神眞 bē 堪--得，落尾手，chhân-chhân 去 chhōe hm̂ 人婆--á，央來 góan 庄--nih 講 A 英 beh 做後 siū。A 英 in 老 pē 講 cha-bó͘ kiá^{n} 自 tńg 來後頭厝，tàu 趁眞 chē 工錢，1 sián 1 tuh lóng 交 hō͘ 厝--nih，m̄-bat ka-tī iap sai-khia，這時 mā ài 考慮 cha-bó͘ kiá^{n} ê 幸福，對方 gín-á hiah 大拖，A 英若 koh 生，會

thiám--死，che m̄ 是好親事，講 bóng 講，iáu 是 ài 看 A 英 ka-tī 主意，問 A 英，講 i beh 考慮。

過幾工，A 英 koh 去到番 á 田，kā 5 個 gín-á lóng 買 súi 衫，飯煮好，等欽--á tńg--來，做夥食飯 ê 時 chūn，A 英 kā 欽--á 講：

「Hm̂ 人婆--á 有來，我有斟酌想--過，我會來 kā 你 tàu kha 手，m̄ 是 it 著愛 beh 有 1 個翁婿，是 m̄ 甘這幾個細漢 gín-á，食 m̄-chiâ^{n} 食，穿 gah ná 監囚--leh，我 m̄ 知也就準 tú 好，khah 輸都知--a，beh nah 看會過心？你央人來講親 chiâ^{n} 是好意，che 我知，m̄-koh 翁 bó͘ ài 有翁 bó͘ 緣，我死翁，你死 bó͘，che lóng 是 lán 無翁 bó͘ 緣，你是欠 tàu 做 khang-khòe ê kha 手，m̄ 是欠 bó͘，我 mā 是 bē 過心 chiah 來--ê，m̄ 是 leh 欠翁，我想想--leh，這個 kê 我 m̄ giâ，我來 tàu-sa^{n}-kāng 是做心適興--ê niâ！」

欽--á 頭 lê-lê，m̄ 敢應 gah 1 句話，kan-ta^{n} 想著苦情目屎 chhap-chhap-tin，滴 tī 碗--nih，A 英看--著，有 kóa m̄ 甘，m̄-koh 心肝這時無 ngī bē sái--得，準做無看--見，食飽，碗箸洗好，就走

--a。

A英自án-ni無koh來，欽--á後悔ka-tī siu^{n} chhóng-pōng，倒tī眠床ê時就會怨嘆ka-tī無bó命，gín-á有時á會問講：

「A姨nah會無beh koh來？」

欽--á就應講：「I leh無êng，koh--幾-工-á就來。」

總--是，幾pái gín-á一直問，欽--á愈想愈煩，bē堪得氣，就phah gín-á出水，phah了後，心肝頭mā gêng，生活soah愈來愈無1個款。

A英--á食老ê時，bat聽人講番á田hit個欽--á ka-tī 1個cha-po͘人mā是kā kiá^{n} chhiâ^{n} gah大，koh幾個lóng眞才情，i kan-ta^{n}講：

「1支草1點露，1人1款命，tú--著mā tio̍h認命。」✍

清義--á 選里長

我 bat 1 個朋友，in bó khah 有時間，想講 beh 服務社區，就出來 kap 人選里長，khah 早 m̄-bat chhap 過選舉，無 siáⁿ 經驗，當然落選。

Góan 朋友講 khah 早 lóng 是 cha-po͘--ê 做里長，里長伯--á 變做專用詞。這個時代，有真 chē 有 êng 時間 ê cha-bó͘ 人，想 beh hō͘ ka-tī khiā-khí ê 所在 koh-khah 好，若會 tàng 做里長，出 khah 有力，里長伯--á 這個詞無 siáⁿ 合時代需要 --a。

Góan 庄--nih ê 清義--á mā 是 1 個 êng 人，照講做里長應該是適當 ê 人選，m̄-koh tī hit 個 pha 荒 ê 年代，里長無月給 thang 領，bē-sái 講是正業 ê thâu-lō͘，總--是加減 mā 有 kóa 社會地位，在來里長 lóng 是地方 ê 頭兄 leh 做行情--ê。清義--á 是 1 個這頓食了，後頓桌 beh phah tī toh 位都 m̄ 知 ê 人，nah 有可能去 kap 人選 siáⁿ-mih 里

長！

Góan hit 庄實在眞 iap-thiap，1 kóa khah 現代化 ê 物件 lóng 比人 khah 晏有，親像別庄--ê 有電火幾 nā 年以後 góan hia chiah leh chhāi 電火 thiāu-á；我讀國民學校 4 年 ê 時，暗時 á iáu-koh bat 行半點鐘去別庄看『太空飛鼠』ê bàng-gah。

我去都市讀初中 ê 時 chūn，góan kui 庄 iáu 無人有牽電話，hit chūn tú 好是台灣工業 tng 興 tng 發展 ê 時代，1 列 1 列 ê 火車 kā 青少年載去都市學師 á、做女工，農村留 1 kóa hō͘ 土地黏 tiâu--leh 走 bē 開 kha ê chē 歲人，電話變做有緊急 tāi 眞需要利用 ê 工具。庄--nih ê 人 bat 去問過請 1 支電話 ài khai jōa-chē 錢，電信局--ê 講因爲 góan hia iáu 無線路，ài koh 牽電話專用 ê 電纜線，費用眞 kôan。

別庄有人指點，講若做里長，雖 bóng 無月給，m̄-koh 政府會補助 1 支電話 kap 1 份報紙；報紙是 the̍h 來包物件好用 niâ，有、無，khah 無 siáⁿ 要緊，電話就無 kâng--a，頭 1 支電話牽了，就有電話線--a，別人 beh 牽免 koh khai hiah chē。

Góan 庄 lóng 總幾十戶人 niâ，ka-tī bē tàng 成做 1 里，是 kap 附近 ê 橋 á 頭合做「原斗里」，hia 是週近幾個庄頭買物 ê 街市，算眞交易，人口數加 góan 幾 nā 倍，里長當然 lóng 是 tòa hia ê 人 leh 做。

庄--nih ê 人 tī 土地公廟 á 開會，決定 beh 競選這屆 ê 里長，庄 kha 人 mā 有in ê phiat 步，in 擬定幾個作戰辦法，第一，先探聽看這屆街--nih 是 siáng beh 做；在來這里 ê 里長 lóng 是用講--ê，m̄-bat 眞正選--過，就是這 chūn 講 ê「協調」。第二，發動庄民 kā 街--nih 有生理關係--ê 拜託兼威脅，講若無支持庄--nih ê 候選人，後 pái 就無 beh kā in 交關。第三，用哀求--ê，懇求街--nih ê 頭人講 góan 需要電話，kan-taⁿ beh 做 1 任里長 niâ，相信一定會得著人 ê 同情。庄民感覺若照 án-ni 做，過無 jōa 久，庄內就會有電話--a。

親像故事 leh 講--ê，niáu 鼠 á 開會講 beh kā

貓 á 掛 lin-long-á，m̄-koh beh 派 siáng 去掛，也就是講「siáng beh 出來做里長」？

原本無人會去想著清義--á，水耳嬸--á 講話上大聲，m̄ 是 i khah phái^{n}，i 本底就是大嚨喉空--ê，koh in 大 cha-bó͘ kiá^{n} tī 板橋 tòa 紡織工廠，二 cha-bó͘ kiá^{n} tī 台中學車衫，細漢 cha-bó͘ kiá^{n} tī 高雄加工區做女工，lóng 真需要用電話 kap 厝--nih 連絡。人講若 án-ni，無，就水耳--á 出來選里長，橫直 i 娶著 gâu ê bó͘，kui 工 êng-sian-sian，做里長上合軀。水耳--á 是無反對，m̄-koh in bó͘ 絕對 m̄ 肯，講水耳--á m̄ 是 hit 款 kha-siàu，會誤著眾人 ê 公事。

Ta̍k-ê lóng 心肝內有數，i 是驚 in 翁 hit 款「食有 1 頓燒就會想 beh chhio」ê 老症頭 koh giâ--起來，到時 hōan-sè m̄ 是 chhìn-chhái koh 請 1 下檳榔薰就會解決--a。另外 koh 考慮 Siáu 德--á、Gōng 清--á、A 文--哥……，lóng 驚去影響著 in 作 sit，無人肯出來選。

清義--á m̄ 是 leh kap 人開會，i tú 好 tó tī 廟邊 ê 樹 á kha leh o^{n}-o^{n} 睏，hiông-hiông káu-hiā 爬

入 i ê 鼻空，phah 1 下 ka-chhiù^{n}，ta̍k-ê chiah 注意著 i，有影，i 無田無園，sì-kòe 做散工 á，有人死，就去做土工(thó͘-kong)á 扛大厝趁 1 頓 chhi^{n}-chhau 兼三角肉，有人 kōa^{n}-tiā^{n} 就 tàu 扛 siā^{n}，有人起厝欠臨時塗水工 mā 去，這款人無去做里長有影是 phah 損人才。

Tú 聽著人講 beh 叫 i 選里長，清義--á 先 phín 講：

「做 siá^{n}-mi̍h lóng無要緊，m̄-koh 做 1 工 beh hō͘--我 jōa-chē ài 先講詳細，後 pái chiah bē 起 hoe。」

尾--á i 知影做里長無錢，kan-ta^{n} 有配電話 kap 報紙，i 講：

「食飯會 sái 配話，kám 會 sái 配電話？我 3 頓都食 bē 飽--a，生食都無夠 beh nah 有量剩物 thang 曝乾兼豉鹹？報紙是 beh hō͘ 我包 siá^{n}-mi̍h？」

眾人為 beh 有電話，一直kā 勸，sian 講都 bē 翻 chhia，Siáu 德--á 講話生本就 siáu-siáu，kui-khì kā i 練 siáu 話，講：

「Lín a-pa khah 早 kā 你號名清義，就是講你做人眞清 koh 有義理，你清是有影清，清 gah 連生活都困難，講著義理，你……」

「我義理 án-chóaⁿ？」清義--á 接嘴問：「Kám 講我 m̄ bat 人情義理？」

「你 ê 名有義是無 m̄-tio̍h，m̄-koh 這個理就是你無做里長，m̄-chiah 講你欠義里，枉屈 lín 老 pē 號這個好名。」德--á án-ni kā i 解說。

「做里長就有義理……」清義--á 想想--leh 講：「義理也 bē-tàng 做飯食，我看 iáu 是 mài，liōng-khó 我有死人加減扛 khah 實在。」

清--á 厝--nih mā 有 gín-á tī 北部，早就想 beh 有電話，in bó chiah 會先 kap 庄--nih 眾人參詳 ài hō 清義--á 1 kóa 利頭。庄--nih 也無 koh 有 siáⁿ 人肯做里長，就開 1 個條件，kā 清義--á 講：

「你也免驚 3 頓無 thang 食，做里長了後，就是管--góan ê 官，góan 應該 ài 飼--你，góan kui 庄照輪，你 1 頓食 1 口灶，kám 無比扛大厝 khah 贏？庄--nih mā 無講 tiāⁿ-tiāⁿ 有人死，你若 hē 願人死 mā 是 pháiⁿ 心毒行，你想看 māi-

-leh。」

世間 kám 有比 che khah 好 ê tāi-chì？Hō͘ 人 kơ-chiâ^{n} 出來選里長免 khai gah 半 sián 錢--無-打-緊，koh 3 頓 lóng 有人款待，清義--á 這世人 m̄-bat hiah 好空--過，心肝內明明眞歡喜，iáu 是假無意，勉強答應。

經過探聽了後，橋 á 頭人這屆 ê 里長人選是礦油行和 sian--ê in 後生，tú ùi 都市 tńg--來，有讀過工專，是地方栽培未來 beh 做縣議員 ê 青年。和 sian--ê 做過 3 屆里長兼 2 任鎭民代表，縣議員落選了後就無 chhap 政治，ǹg 望這個後生會 tàng 爲 i 出氣--1-下，chiah 會用里長做初步 ê 舞臺。庄--nih ê 人去 kơ-chiâ^{n} 和 sian--ê 講這 pái 讓 góan 做--1-下，電話線牽--落，後任就 koh 還 in 做。和 sian--ê 講 i 俗事不 chhap，ài 直接 kap 少年人參詳。In 後生 soah 應講：

「Lín kan-ta^{n} 爲著電話省 tām-po̍h-á 錢 niâ，我是爲 lán 地方建設 leh 考慮--ê，這屆我若無做里長，就 koh chhiân 4 年，án-ni kám 有理！選舉是民主制度，m̄ 是我規定--ê，若有法 tō͘ lín ka-tī

做 1 里，若無，就是 ài kap 我競選。」

話講到 chia，就做 i 入--去。做夥去 ko͘-chiâ^{n}--i ê 4、5 個人看這個少年人 hiah khô-thâu，也眞 siū^{n}-khì，感覺是都市 beh 食 sàn 庄，這聲無 kap i 拚，這庄就會 hō͘ 人看無目地，無選 bē-sái--a。

在來里長選舉 lóng kan-ta^{n} 1 個候選人 niâ，投票率 tiā^{n}-tio̍h kē，庄--nih 想講 góan 人雖 bóng 有 khah 少，m̄-koh 若 ta̍k-ê lóng 去 tǹg 票，ah in 橋 á 頭人大部分 lóng bē 去投票，koh 有 ê 生理人會 hō͘ lán ko͘-chiâ^{n}--得，選--起-來 mā m̄ 是一定輸，就替清義辦手續登記正式做候選人。

這 pái 是竹圍 á 開庄以來，頭 1 pái ê 庄民大團結，kā 有投票權 ê gín-á lóng hoan 咐好勢，叫 in 無論 án-chóa^{n} lóng 一定 ài tńg 來投票，1 票都 bē 堪得 phah-ka-láu--去。去街--nih 買物件 lóng koh 特別 kā 頭家交代，mā 有人 kap 街 nih 人有親 chiâ^{n} 關係--ê，就去運動關係，無宣傳車、無印宣傳品，mā 無 siá^{n}-mih 演講會，橫直 ta̍k 戶 lóng 是熟 sāi 人，koh 眞正有 kóa 選戰 ê 氣氛。

Hit 工開票 mā 眞緊張，2 個 soah 5 分 5 分，這庄有選舉權--ê 是 142 人，若 koh 加橋 á 頭人 ê 人情 kap 同情票，應該 m̄-tāⁿ án-ni，開始 ê 時，票數差不多，一直到最後 chhun 1 票 iáu 未開 ê 時是 141 票對 141 票，kan-taⁿ 庄內人就有 142 票--a，這聲穩贏，ná 知最後這票 soah 講是廢票，2 pêng 平票。照選舉辦法規定 2 pêng 平票 tio̍h-ài 用抽 khau-á，拚氣運。

庄--nih 有 ê 唸「a-mi-tơ-pu̍t」，有 ê 是「a-men」--ê，lóng 替清義--á ê 手氣祈禱，佛祖 kap 上帝大概 mā khah óa 街 á 人，清義--á 抽輸--人，落選！

In 橋 á 頭有 500 外張選票，chiah 141 人有 tǹg 票，竹圍 á 142 個大人，無得著街--nih 生理人 ê 票，事後去問，lóng 講是「做生理，無 êng 去 tǹg 票」；算--起來 mā 是走 1 票--去，眾人 leh 議論講「是 siáng 會無 tǹg hō͘ ka-tī 庄 ê 人」，若 m̄ 是走 hit 票，應該是 142 對 140 票，án-ni 就免抽 khau-á--a，清義--á 就做里長--a。清義--á kāng 款 tī 樹 á kha 睏，聽著人講 i ê 名，kioh 是

leh 怪--i，緊 peh 起來講：

「抽輪是我 phái^{n} 運，我絕對無走票，m̄ 信 lín 會 sái 去查選票，我 ê 印 á 有 tǹg tī hia，林清義 3 字 tǹg gah 明明明--leh。」

這時，眾人 chiah 知影最後 he 廢票 ùi toh 來--ê，就是差 tī 候選人 ka-tī hit 票，怪--i mā 無 khah-chòah，i 也 m̄ 是 thiau-kang--ê。過無 jōa 久，水耳孀--á iáu 是 khai 大錢去請電話，庄--nih 就 tòe leh 牽，koh 來，就無人 koh 選里長--a。✍

印尼新娘

1999 年 ê 9 月 21，台灣發生近百年來上大 ê 地動，有 2000 外人不幸往生--去，全國團結救災，連厝邊隔壁 ê chē-chē 國家都有派救援隊來 tàu kha 手，表現人道上 kài 高貴 ê 情操。

我有落去斗六 koh 入去南投想 beh tàu-saⁿ-kāng 救災，這世人 m̄-bat 看過 chiah chē 死體，m̄ 是戰爭，mā 無犯 siáⁿ 罪過(kòa)，thah 會 kāng 時間失去 hiah chē 性命？Kám 是現代人出 siáⁿ 問題，ài 受這款折磨？往生者並無 siáⁿ-mih 罪孽，in soah 替世間人擔罪！

我 tī 斗六 ê 現場有熟 sāi 1 個 kāng 款志願救災 ê 中年人，i 叫做 A 源，kap 我不止 á 有話講，我問 i 娶 bó--未，i 講「iáu 未」，最近有想 beh 娶 1 個印尼新娘。我講台灣人娶南洋 ê 新娘 á ká-ná 眞普遍，i 講是專工揀--ê，i 有特別 ê 理由，是爲著 beh hō͘ in a 母 khah 有伴，若有趣味，i chhōa 我去 in tau，就知 in a 母 ê 故事。

第二工 ê beh 暗 á 時，A 源有影招我去 in tau，洗身軀順續換衫 á 褲，爲著消除死體 ê 臭味，ta̍k 工有關單位 lóng 會 kā góan 消毒，hit 款藥水 ê 氣味 koh-khah 重。我 lia̍h-chún i tòa tī 附近 niâ，nah 知坐 i ê 銅管 á 車 1 chōa 路駛不止 á 久。

我心肝內 iáu 是 o-ló A 源有影眞好心，無惜路途，ta̍k chái 起都準時來厝倒--去 ê 現場 tàu-saⁿ-kāng。

這個所在是我頭 pái 來--ê，離北港無 kài 遠，車 ùi 大通路 oat 入庄 kha 路 á，天色暗--a，夜濛霧罩 tī 這個漁村，窗 á 門 phah 開，鹹味隨流--入-來，車前燈 chhiō thàng 濛霧，ká-ná 有燈火 leh tín 動，應該是漁船 á，4 邊 tiām-chih-chih，ká-ná 天地 lóng chiâu 睏--去，m̄-tāⁿ，連海 mā 睏--去。到岸邊，oat 入 1 條 chiok 細 ê 路 á，kan-taⁿ 車身 tú 好會 tàng 過 niâ，路 á ê 盡磅，就是 A 源 in tau。

A 源 in a 母，面--ê chiâu 是皺紋，m̄ 知年歲，m̄-koh 看--起-來眞老--a，臨時用 kóa 海產

kap 鹹 kê chhôan 暗頓 hō͘ góan 食，in tau 無用 Gas，用灶 hiâⁿ 燒水叫我洗身軀。Tī 亭 á kha，排桌 á 椅 á，泡茶組 chhôan 便便 leh 等--góan。

秋--nih ê 海風 iáu 是 kôaⁿ-kôaⁿ，天頂有星光 leh sih，斟酌看，應該是飛行機。門口埕尾有 kē-kē ê 歌聲，鑽過海風 ê 聲傳--來，聽--起-來無 siáⁿ 熟 sāi ê 曲調，是 a 姆 leh 唱歌。A 源有聽人講我是作家，希望我會 tàng 寫出 in a 母這個故事。

「Góan a 母 m̄ 是普通 lán chia ê 人，」A 源 ná 泡茶 ná 做 1 個講 kó͘ ê 開頭 án-ni 講：「i 是印尼人，m̄ 是，這 chūn 應該是 Timor（東帝汶）ê 人，你是作家，應該會知影，Timor 已經獨立--a，hit 個所在一直 lóng 眞亂……。」

續--落-來 ê 話，是 A 源講 ê 故事。

Góan chia 本底就是漁村，在來 óa 海食海，góan 祖先世代 lóng 靠船、排 á 討性命，近海 khah ám，遠海魚 khah khó，水流就是 góan ê 日頭，一般人是日頭出--來就出去做 khang-khòe，日落 chiah tńg--來，góan 是看水流，khó

流 iah 是 lām 流，góan 有俗語講「月若晝，水就漏」，會 sái 講是看水流食飯--ê。

1950 年代，台灣眞緊張，漁船 á bē-sái liȧh tùi 台灣海峽 siuⁿ óa China hit pêng 去，m̄-koh 近海魚確實眞 ám，góan ê 船 á 是輕便 ê 平底 á，bē 堪得駛 siuⁿ 遠，he 是 góan a-pa ê 時代，這 chūn 都也過身幾 10 冬--a。Tȧk 年 kôaⁿ--人，烏魚 lóng 會順烏流 ùi 北沤 tùi 南去，到 góan chia ê 時 iáu 未到熟，bē-sái liȧh，góan 庄--ê 會順魚 á 跡 tòe i 落南，m̄-koh 到台南、高雄，hia 有 in ê 漁場，góan mā bē-sái 侵--入-去，無法 tō͘，就 koh ǹg 南，有時 á 船 á 入去巴士海峽，深去到菲律賓、印尼……，tùi 南洋 ê 漁場去。

Tú-chiah 我有講--過，góan a-pa ê 船 á m̄ 是會 tàng 走遠--ê，有 1 pái，soah tú 著風颱，未赴óa 岸 bih，hō͘ 風掃 gah péng 船，he 是深海，ka-chài 有印尼 ê 漁船 á 無倒，救著 a-pa，he 是 góan 外公 kap a 舅駛--ê，kā a-pa 救 tńg 去 in tau，尾--á chiah 知影，góan 外公 kap a 舅 m̄ 是眞正 ê 討海人，in 是反印尼統治 ê 革命者，就是

這時 Timor 獨立軍，受印尼政府通緝，海是上好逃亡 ê 路途。

A-pa hō͘ in 救--去了後，1 時 iáu 無法 tō͘ tńg 來台灣，tī hia 熟 sāi in tau kan-ta^{n} 1 個 cha-bó͘ gín-á，就是 góan 母--á，聽講 mā m̄ 是有 siá^{n} 戀愛，外公 kap a 舅知影 in 處境危險，驚牽連著這個 cha-bó͘ kiá^{n}、小妹，暫時拜託 a-pa kā i chhōa 來台灣，講若等局勢 khah 穩定，in 會駛船來 chhōa--tńg-去。爲著 beh hō͘ a-pa 會 tàng tńg--來，in 買 1 隻尖底 á hō͘ i 駛 tńg 來台灣。

Góan a 母 hit chūn chiah 15 歲 niâ，聽講 in hia ê cha-bó͘ gín-á khah 早到水，cha-bó͘ gín-á lio̍h-lio̍h--á 到 10 外歲 á 就嫁--a，a 母雖 bóng iáu 未嫁，m̄-koh mā 做--人-a，過春--nih 就 beh hō͘ 人娶入門。Tú 來 ê 時，i ta̍k 工去海岸頂等故鄉 ê 船隻，望春流會 kā in a-pa kap 兄哥 ê 船 á 渡--來，1 工等過 1 工，海水 m̄-bat chah 來故鄉 ê 消息。

Góan chia 老 1 輩--ê bat 講--過，hit 個時 chūn，góan 這個漁村 á ê 港口，ta̍k 工 beh 暗 á 時，tī 夜霧輕輕 ê 海岸，會有 1 個穿南洋 Salong ê súi 姑娘 á tī hia 唱歌，是 a 母 in hia 港口 leh 等人 ê 歌，連附近庄頭 ê 人 mā 會專工來 beh 看 hit 個外國姑娘 á tī 海岸邊唱歌 ê 形影。

過 1、2 個月，就是等無故鄉 ê 船隻，一直到過 chiâ^{n} 半年，chiah 有 1 隻船 á 來，是 a 母 beh 嫁 hit pêng ê 人冒性命 ê 危險駛--來-ê，報消息講 a 母 in a-pa、2 個兄哥 lóng 總 hō͘ 印尼政府 lia̍h--去，in hit 個未婚夫想辦法 beh 解救，mā tio̍h-tiàu，印尼政府 kā in lóng 判死刑，頂個月總處決--a。Hit 個無緣 ê 翁婿 hoan 咐人叫 i mài koh tńg--去，ka-tī tiàm 台灣 chhōe 生路，有 chah 1 粒 i 在生上寶貝 ê 手錶 á 來 beh hō͘ góan a 母做記念。

頭起先，a 母 bē-tàng 接受這款事實，kāng 款走去港口等船 á，ǹg 望有 siáⁿ 奇蹟出現，m̄-koh 港口 kan-taⁿ 海鳥來去，海水猶原無話無句，m̄-bat 漏洩 kóa 風聲 hō͘ 岸邊 ê 人 1 sut-á 希望。過 1 年，a-pa 講 beh 去 i ê 故鄉探消息，看 i tī hia ê a 母有好好--無，a 母 mā beh tàu-tīn 去，a-pa 擋 i bē 行，雖 bóng 危險，結局 iáu 是 2 人

駛 hit 隻尖底 á 去。

去到 hia，góan 外媽 iáu tī--leh，m̄-koh 破病 gah 眞傷重，交帶這個 i 上 kài 惜 ê cha-bó͘ kiáⁿ 講：

「爲著 chia ê 百姓，lán tau ê 人犧牲有夠--a，你是 lán tau 最後 ê 1 人，m̄-thang koh 留 tī chia，若無，你緊早慢 mā 會行上 lín 老 pē kap 兄哥 ê 後路，去，看 siáⁿ-mih 所在 lóng thèng 好去，mài tī 印尼政府管 ê 所在就好。」

A-pa kap a 母有 beh 招外媽做夥來台灣，外媽講 i siuⁿ 老--a，bē 堪--得，koh 再講，i ê 翁婿、後生 lóng 死 tī chia，i mā beh 死 tī chia，死了 chiah 有法 tō͘ kap 翁婿、後生做夥，i 講 góan a-pa 看--起-來是眞好 ê 人，若 iáu 未娶 bó͘，希望會 tàng 這時 tī i ê 面頭前結婚，若會 tàng 看著 cha-bó͘ kiáⁿ 結婚--a，án-ni i 日後去見翁婿 chiah 有 1 個交代。

就 án-ni，a-pa kap a 母變做翁 bó͘ tńg--來，m̄-koh tī 台灣，a 母無身份，i 是算偷渡--ê，照法律，i ài hō͘ 人遣送 tńg 去印尼，印尼政府知

影 i ê 身份了後，tiā^{n}-tio̍h 無留 i 活命。Hit 段時間，日子過了真驚惶，ka-chài góan che 漁村不比都市，政府 ê 人罕得來，在地 ê 警察、村長 lóng 知影這個故事，無人會害--in，一直到 3 年後，góan 庄有 1 個 cha-bó͘ gín-á 去海--nih khioh 花 kha-á，進水 ê 時靠勢 i 水性熟，無隨走，hō͘ 海湧捲--去，che mā m̄ 是 jōa 稀罕 ê tāi-chì，óa 海食海 hō͘ 海食，天地本底就是 án-ni。

Hit 個年歲比 góan a 母 khah chē，20 thóng--a，本來 góan chia 就有風俗，cha-bó͘ gín-á iáu 未嫁若過身，死了 mā tio̍h kā i chhōe 1 個翁，算 hō͘ i 死了有 1 個名份，就是人講「娶神主牌 á」hit 款--ê，趁這個機會，góan a 母就食 hit 個姑娘 ê 名，mā 叫對方 a-pa a 母，戶口上，a 母算 chia 土生土長 ê 在地人。

講--來，góan a-pa hit 時 30--a，真 oh 娶有 bó͘，海口人本底人就嫌，嫌 sàn 嫌危險，有機會娶 góan a 母 mā 是好運，in 印尼這方面 ê cha-bó͘ gín-á gâu 臭老，減 góan a-pa 10 外歲，m̄-koh 到中年看--起-來就 ná 像 a 婆--á。俗語講

「棺柴是 té 死人，m̄ 是 té 老人」，雖 bóng góan a 母 khah 臭老，m̄-koh in 結婚 10 外年 niâ，換 góan a-pa péng 船，這遍無 hiah 好運有別國 ê 船 á thang kā 救，mā 是 hō͘ 海食--去，m̄-chiah góan a 母無愛我 koh 落海 lia̍h 魚。

A 源 ê 故事講到 chia，應該是煞--a，m̄-koh 最後 i koh 講：

「In hit pêng ê 姑娘 á khah 快老，我若娶 bō͘ài 娶 khah 幼齒--ê，án-ni 等--10-外-年-á，góan 就變差不多老--a。」

Hit 暝，我睏 bē 落眠，a 姆 kē-kē m̄ 知 siáⁿ-mih 意思 ê 歌聲一直唱，tī 我眠夢--nih，mā thàng 過重重 ê 夜霧，ùi 港口流過海，傳去到 i hit 個已經獨立 m̄-koh 比 lán 地動死 khah chē 人，iáu-koh teh 戰亂 ê 故鄉。✍

稅厝 ê 紳士

現代人無厝 kā 人稅厝 khiā--ê 是真 chē，tī 世界 ê 大都會，土地 lóng 貴 gah 真驚--人，beh ka-tī 有 1 間 á 厝有影無 hiah 簡單。

我出世 ê 庄 kha 所在，siá^{n}-mih lóng 無，kan-ta^{n} 土地 khah 量 siōng，田頭 á 搭搭--leh，就是 1 間厝，法定上叫做「農舍」，m̄-koh 對 góan 來講，厝就是厝，管待 i siá^{n}-mih「農舍」，m̄ 知影有人無厝 ài kā 人稅厝 khiā--ê，到 hit 工水伯--á 去二林 tńg--來，chhōa 1 對少年人來庄--nih，講是 beh 來稅厝--ê。

聽講 he 是 1 對翁 á bó，tòa tī 1 個真遠我 m̄-bat 聽--過 ê 所在，厝--nih 反對 in ê 婚姻，2 個偷走離開故鄉，來 góan chia beh 建置 in 新 ê 家庭。Hit chūn 我 iáu 未讀冊，m̄ 免做 khang-khòe，kan-ta^{n} chhōa góan 小弟，有 êng 工 thang tī 庄--nih lōa-lōa-sô，聽大 lâng 講 cha-bó gín-á 是 tòe

人走--ê，眞好玄 beh 知影 tòe 人走--ê 是生做 siáⁿ 款形--ê，小弟 āiⁿ--leh，走去水伯--á in tau ê 護龍á，去 kā tham--l-下，2 個生分人 ká-ná lóng 無 tī--leh，m̄-koh 我有看著 nî 簷 kha 竹篙頂披 ê 衫 á 褲，無論色 kap 形 lóng kap góan 作 sit 人穿--ê 眞無相 kâng，深紅大青 lóng 有，在來庄 kha 人 ê 衫 á 褲色 lóng khah phú，霧 gah 連原本 ê 色都褪--去-a。

Tú 當 leh 看，我 āiⁿ tī kha-chiah-phiaⁿ 後 ê 小弟 soah leh 哭，óat 頭看著 1 個穿花 á 衫 ê cha-bó͘ gín-á khiā tī 後壁 leh 弄 góan 小弟，kiám-chhái 庄 kha gín-á khah 驚生分，雖 bóng hit 個姑娘 á 穿 chhah kap 生張 lóng 眞 súi，góan 小弟哭 bē 止，我就 kā āiⁿ 巾 tháu--開，換用抱--ê，hit 個姑娘 kā 門 phah--開，叫我入去 in tau，我看 kui 個壁頂 lóng 貼尪 á 圖，全是日本 ê súi cha-bó͘，尾--á 我聽人講 hia--ê lóng 是電影明星 ê 寫眞；1 tè 圓桌有 chhu 桌巾，1 個花矸有插幾支花，lóng 是庄 kha 路 á sù 常看會著--ê；邊--á koh 有幾 nā 個奇怪 ê 罐 á，內面 té 糖 á 餅 á，i theh 1 tè 貢糖 hō͘ góan 小弟，講：

「Lín 小弟嘴齒 iáu 未齊發，食貢糖 khah 有法 tō͘，你愛食 siá^{n} ka-tī 揀。」

我 ná 吞嘴 nōa ná 細聲應講：「免--lah，我也無 leh 哭，免--lah！」

我理解 ê 糖 á 餅 chiah-e sì-siù-á 是 gín-á leh 哭 beh 騙 hō͘ tiām chiah 有 the̍h--出-來-ê，若無，就年 á 節 á iah 是人客來 chah ê 等路。

「無，你食索 á 股好--m̄？」

我頭 pái 聽著有食物 á 號做索 á 股，等 the̍h--出-來我 chiah 知影是 kha 車籐，先假 sian 講無愛，手 iáu 是 kā 接過來食。姑娘 á 講我是 i 來到竹圍 á 庄交著頭個朋友，眞歡喜 kap 我熟 sāi，koh 講 i 叫做春蘭，mā 問我 ê 名。

我講 ka-tī ê 名，mā kā 小弟 ê 名介紹 hō͘ i 知。Hit 工我 tńg--去，kā a-i 講去 chhōe 春蘭 a 姊，in tau 有眞 chē sì-siù-á ê tāi-chì，i--á 講 hit 2 個人應該 iáu 未有 gín-á，nah 會有囥 hiah chē 騙 gín-á ê 食物？我無看著 in tau 有細漢 gín-á，mā 無看著有披 gín-á 衫。第 2 工，我有想 beh koh

去春蘭 a 姊 in tau， m̄-koh a-i hoan 咐我 m̄-thang tiā^{n}-tiā^{n} 去人 tau，若無，會 hō͘ 人講是 it 著人 ê 糖 á；我想 beh 去，確實 mā 是 leh siàu 想 hoe-pa lih-niau ê 罐 á 內 he 好食物 á。

自 hit pái 了後，我 tiā^{n}-tiā^{n} 會想 beh 去水伯--á in tau，m̄-koh 我 m̄ 敢去，庄內風聲講 hit 個叫做「春蘭」ê cha-bó͘ 是好 giȧh 人 ê 細姨，無守本份去愛著 1 個 ian-tâu-á-sàng，款人 ê 錢財 tòe 人走，這個講是 in 翁--ê 實在是人公司 ê 職員，貪著春蘭 ê 美貌 kap 錢，chiah 會來 góan 庄這款 iap-thiap ê 所在稅厝過日，有人 bat 去過 in tòa ê 厝內，有冰櫥、Tian-jikhuh……這款貴 som-som ê 電器品，m̄ 是普通人 hak 會起--ê。A-pa kap a-i 規定我 bē-sái koh 去 in tau，講 in 是來路無清氣 ê 人，緊早慢會 hō͘ 人 chhōe--著，到時連我 mā 會有 tāi-chì。我愈想愈無，若講親像春蘭 a 姊 hit 款--ê 是 phái^{n} 人，nah 有 hiah-nī 好 ê phái^{n} 人？想 bóng 想，我驚 sī 大 lâng 罵，iáu 是 m̄ 敢去。

有 1 pái，我 tī 溝 á 邊 tn̄g 著春蘭 a 姊，bōe 記得厝--nih ê hoan 咐就行 óa 去 kā 叫；I 眞歡

喜，講是花矸 ê 花 lian--去-a，beh chhōe 幾支 á 花草 tńg 去插，我就 kā i tàu chhōe，i bat 真 chē 花草 ê 名，連 góan che 庄 kha 人都 m̄ bat ê 花，i mā 知。I ná ka 花 ná 唱歌，聲柔柔幼幼，我愈聽心情愈沉重，nah 會這款人會做人 ê 細姨，koh tòe 人走？我想 beh 問 i 1 個確實，m̄-koh 講 bē 出嘴。I 招我去 in tau chhit-thô，我驚 hō͘ a-pa 罵，就推講 ài tńg 去 chhōa 小弟。

翻 tńg 工 ê e-po͘ 時，有警察來 góan tau，調查 hit 對男女 ê tāi-chì，問講 in 有做 siá^{n} hō͘ 庄內人無歡喜 ê tāi-chì--無？A-pa kan-ta^{n} 講 kap in 無熟 sāi，m̄ 知 in leh chhòng siá^{n}，警察講 koh beh 去問別戶，就走--a。A-pa kap a 叔 in leh 會講 hit 2 個 m̄ 知 koh 犯 siá^{n}-mih 罪，大人 chiah 會 sì-kòe leh 探聽。

Hit 暝 tī 店 á 頭，a-pa kap 人 ná ioh 甘蔗 ná leh 開講，有人講起警察大人來庄--nih 探聽 hit 2 個男女 ê tāi-chì，在來庄--nih m̄-bat 有警察來，lóng 是水伯--á 貪人 ê 厝稅錢 chiah 會惹這款麻煩！水伯--á 無 tī 現場，in 叔伯小弟替 i 辯解，講無論 hit 2 個厝 kha 做 siáⁿ tāi-chì，lóng kap 庄內人無 tī-tāi，ta̍k-ê 免 án-ni kāu 操煩。有人講自庄--nih 來 hit 2 個人了後，加眞 bē 順事，田--nih 稻 á ta 稿兼敗叢，cheng 牲 á mā tio̍h-che，koh 有人 phàng 見雞 á 鴨 á，m̄ 是好吉兆！破格成--á 講：

「竹圍 á 庄就是 gâu 牽拖，chiah 會落 soe！Mài beh kā 罪過 lóng 掛 hō͘ 生分人！」

A-pa 應講：「Góan chiah 無 leh 牽拖 hit 2 個人，lóng 是你這個破格成--á ê 屎 poe 嘴 chiah 會帶 soe-siâu--ê！」

眾人本底是嫌疑 hit 2 個生分人客，聽 góan a-pa án-ni 講，soah mā lóng 怪成--á hit 支破格嘴，叫 i khah tiām--leh khah 無 báng，無人會講 i é-káu。I 無意無意，嘴--nih ná se̍h-se̍h 唸就走--a。

有 1 chái 起，góan 小弟 iáu leh 睏，我趁機會 beh 去水伯--á in tau 探看 in 2 個 kám 有 hō͘ 警察 lia̍h--去，知影 góan 園頭 á ê 菅蓁 á 內有幾 nā bô͘ 狗尾草，gia̍h 鐮 le̍k-á 去 kā 割幾支 á 落--來，

mo͘h 去水伯--á in tau，行去到門口埕尾，看著 1 個少年家 á，生做眞 phiau-phiat，穿 1 領黃 siah-chuh，khóng 條 ê 洋麻褲，戴 1 頂phah 鳥帽 á，比尪 á 圖 ê 電影明星 khah 好看頭，我 m̄-bat 看過 chiah phā^n ê 紳士，無 siá^n 敢 óa--去，tú 好春蘭 a 姊出--來，紹介講是 in 翁。

我 thi-thi thu̍h-thu̍h 講這束狗尾草 beh 送--i-ê，hit 個紳士就笑笑，o-ló 我是眞有禮數 ê 細漢紳士，請我入去坐。春蘭 a 姊 thîn 1 甌汽水 hō͘ 我 lim，koh 用碟 á té 幾 tè 餅 hō͘ 我食點心；In 翁問我愛聽音樂--m̄，我 kan-ta^n bat 聽 Radio 唱過流行歌 á niâ，m̄ 知 beh án-chóa^n 應--i。

這時 chiah 看見壁角有 chhāi 1 台機器，i phah 開，khǹg 1 tè 圓盤 á 入--去，有歌出--來。紳士 tòe leh 唱，我感覺歌喉 kap 春蘭 a 姊 lóng 眞好，無輸我聽--過 ê 歌星。

春蘭 a 姊講 in 翁本底想 beh 去唱歌做歌星，m̄-koh 無機會，這時 leh 駛客運 ê 大台 Bus，今 á 日 tú 著 hioh-khùn 日，chiah 有 thang tī 厝--nih leh êng。Koh 問我 nah 會 hiah 久無來

chhōe i 坐，in 翁去上班 ê 時，i chiok 孤單，無人 kap i 講話，我是 i khah 熟 sāi ê 朋友。我 m̄ 敢講出 a-pa in 對 i ê giâu 疑，koh 警察 leh 探聽 ê hit chân tāi-chì，推講 ài kā 厝--nih tàu 做 khang-khòe 無 êng。In 2 個 koh o-ló 我是乖 gín-á，包糖 á hō͘ 我 chah--tńg-去，講會 sái 分小弟食。

Hit 冬 ê 日子確實 phái^{n} 渡，無 1 項好收成，有人講庄--nih ê 廟 á 久無去過香(kòa-hiu^{n})，神明無力 thang 保庇，chiah 會 bē 順事，按算 beh 去北港媽祖宮過香引聖。在來 góan ta̍k 冬 lóng 會 chhià^{n} 1 台貨物 á 車載庄--nih 2、30 人去北港，今年收成 hiah bái，就 khêng 無錢額 thang chhià^{n} 車，我想著 hit 個駛大台 Bus--ê，kā a-pa 講，a-pa 講我 khong kiá^{n}，準講 i leh 駛 Bus，mā 是食人 ê thâu-lō͘，nah 有 hiah 簡單？

我 m̄ 信聖，去水伯--á in tau chhōe 春蘭 a 姊，kā tāi-chì 講 hō͘ i 聽，i 想想--leh，講會 sái kā 公司稅車，m̄-koh ài koh kap in 翁參詳看 māi--leh。翻 tńg 工，2 翁 á bó͘ 來到 góan tau，kā a-pa 講 i 會 sái 用 Bus 載 kui 庄去北港，m̄-koh ài 等後

禮拜一，車 chiah 會 tàng 駛--出-來，i 會 kā 公司講 beh 駛去修理，án-ni 就免 khai 著庄內人 1 sián 錢--a。

Tāi-chì 過眞久了後，庄內人 iáu leh 會講坐大台 Bus 去北港過香有夠爽快，無親像 khah 早 kui tīn 人 chi^{n} tī 貨物 á 車 ná leh 載大豬 hiah 艱苦。北港 tńg 來無幾工，in 2 個就 hō͘ 紳士 in 老 pē chhōa tńg 去台北，beh 離開有來 kap 我相辭，hit chūn góan tau ê 人 chiah 知影 hit 個 cha-po͘--ê in tau 是台北開客運公司 ê 好 giàh 人，cha-bó͘ 是公司上班 ê 職員，厝--nih m̄ hō͘ i 娶這個地位無相當 ê bó͘，chiah 會 2 個去公證結婚，來到庄 kha 所在過 ka-tī ê 日子，cha-po͘--ê in a-pa iáu 是會 m̄ 甘，chiah 會偷拜託警察 tiā^{n}-tiā^{n} 來關心，隨時報告 in 2 個過了好--無。知影春蘭有身--a，chiah 肯認這個新婦，chhōa tńg 去台北--a。

通庄 kan-ta^{n} 我知影 hit pái 去北港是 in ka-tī 出錢 kā 客運公司稅車--ê。✍

推薦《抛荒的故事》第六輯「田庄運命紀事」

Phah-ka-la̍uh ê 光景

劉承賢
台文作家

《Pha 荒 ê 故事》是我買--著 ê 頭一本台語文學冊，tsit 世人頭一擺讀著 kōo 台語寫 ê 文學作品，就是 tsit 本冊。

十外冬前，對台語文有興趣，suah bat 無 kah 半个人 thang 請教，不時一 khoo 人 tī 台大邊仔門對面巷仔內 ê「台灣ê店」luā-luā-sô，買寡字詞典 ia̍h 是基礎讀寫 ê 冊轉去 bóng 研究，mā 有 tī 幾本仔冊--裡讀著一寡文章，總--是無特別感覺心適。

有一擺，tī 店--裡 ê 冊架仔頂，去看著 hit 本 tann 已經絕版、冊皮 khóng 色 ê《Pha 荒 ê 故事》，提來掀，發覺講 tse 故事 koh 眞特別，前 m̄-bat 感覺台語文作品 ē-tàng tsiah-nī 仔有文學氣，he 氣口 koh 一點仔就無華語 hiàn，自細漢kah hit-tang-tsūn，我 m̄ 知影台語 ē 用得有 tsit 款「表現」，就買轉去讀，無 pān-phue 講無一篇是自頭 kah 尾有法度順順仔讀 kah 了--ê。

斯當時讀 bē 行，是因爲內底有 tsiok 濟字詞、俗語 m̄-bat，我 tsit 个人 khah káu-kuài，若拄著 m̄-bat，lóng m̄ 肯 tsún--過，就一本字典掀過一本字典，查--著就歡喜 kah 喙笑目笑，不時提出來 liū，若直直 píng 無，就只好去問序大，啊若問，是問無 khah 濟--lah，就是台語 tī hit 个時代已經行 lo̍h-tshē，tī 台北市 koh-khah 是按呢生，等 hia-ê sian 查 sian 問 to tshiû 無意思 ê 字詞、俗語話粒積 kah 一个程度了，我 ê 龜毛性 mā giâ 到極角--ah，就 ē tiâu tī hia，冊自 án-ne hênn--leh 讀無了。

Tio̍h kah 後--來參加李江却台語文教基金會 ê 讀冊會了後，tsiah 有 khah 濟人 thang 請教，沓沓仔將問題隨个仔解決，tsit 本冊，tsiah 有

koh 讀--lueh。

講講 tsia--ê，就是 beh kā tsit 本冊 ê 特色 tshiàng 明，第一，伊 ê 故事 ē siânn--人；第二，伊 ê 文字眞迷人；第三，伊是正 pān ê 台文；tsit 三點若獨獨佗一點提出來講，聽--起-來 to 無啥，m̄-koh beh 三點 lóng tsiâu 有，tsit 號冊就 khah oh 揣--ah。

Ē siânn--人是按怎樣？Lán 知有一寡文學作品，tik 實眞吸引一部份人，m̄-koh suah 無才調 tī 另外 hia-ê 人 ê 心內有共鳴，講《Pha 荒 ê 故事》ē siânn--人，上厲害--ê 就是伊 m̄ 是 kan-tann ē siânn 某一寡有特殊背景 ê人。《Pha 荒 ê 故事》ê 時代、地點，是設定 tī 數十冬前 ê 台灣庄跤，m̄-koh 就準是我 tsit 款對 hit 个時間空間 m̄ 知半項 ê 都市 sông，mā 全款 ē 去 hōo sannh--著，也就是講，伊 ê 故事，無受時代、地點制限，伊有去 e 著 lán 不管佗位、不管 tī 時 ê 人心肝 ínn 仔底 hia-ê sio-siâng ê 絃仔線。

啊若文字迷人--leh，相信 lán lóng ke-ke 減減 bat 讀著 suí ê 文字作品，mā bat 聽一寡專家

teh 呵咾某一寡文字作品，總--是，一般 tik ê 觀念內底，華語寫 ē suí，英語寫 ē suí，德語、法語 lóng 寫 ē suí，就是罕有人講啥人用台語講 kah、iah 是寫 kah tsiok suí，suí kah 無 khah 輸別 ê 語言 hông 呵咾 ê 文字作品，koh-khah 免講 suí ē 贏--人，就是因爲 án-ne，一寡台文寫作，用「文言詞」kap「華語詞」teh 展伊有「suí」有「正經」，啊一陣讀者 mā tuè leh phôo-phôo-thánn-thánn，講號做是台文經典出世；在我來看，tse就 ná-tshan 像獐豹 tshuah 馬 tāu 鬃，插踮後頭 khok teh 展風神 hit 一樣，獐豹家己身軀頂 ê 花草、伊 ê 緊捷 liú-liàh 明明是馬仔無 thang 比--ê，in 隨个有隨个 ê 生張 kap 本等，thài-thó ài 掩崁家己、趁別人 ê 樣--leh？Án-ne，m̄-nā 無彩家己 ê 優勢，顛倒變做 put-tap-put-tshit，是何 mih 苦--leh？《Pha 荒 ê 故事》用台語文生成 ê 款式，證明「文字 ê suí」m̄ 是 kan-tann hit 一寡殺手語言（killer languages）ê 專長，用上實在 ê 例將世俗 ê 印象損損 hōo 破。

Koh 來，hām 頭前 hit 點有 tī 代--ê，《Pha

荒 ê 故事》內底是正 pān ê 台語，容允我 án-ne 講，tī tsit 个台語 pha 荒 ê 年代，設使有一 phō（篇）台語文學作品，交 hōo 自來 m̄-bat 學習台語文讀寫、iàh 是台語普普--仔 ê 人讀，結果 suah 讀 kah tsiok 四序，問題斷半个，án-ne lán ài 眞煩惱 hit-phō（篇）作品 kám 有影是台語文寫--ê。自來，逐个語言 lóng 有伊 ê 詞彙、伊語法參別人無仝 ê 所在，《Pha 荒 ê 故事》hōo lán 有 thang tī 台語 pha 荒 ê 田園，重 koh 整理，將流--去 ê 台語塗肉重 khioh 倚--來，將 lán ê 文學 tshiâⁿ 持養飼。

講倒轉--來，《Pha 荒 ê 故事》內底，m̄-nā 是 hit 个過去 ê 年代 phah-ka-lầuh ê 光景，uì 頂 kuân tsit 三點來看，tsit 本冊，mā 是台語文學 phah-ka-lầuh ê lè-táu 光景，kám 講 m̄ 是？

Li-li-lo-lo 寫規大 thuann，就是 beh 推薦《Pha 荒 ê 故事》有聲冊，仝款 ê 故事 tsit-má 重排做幾若本相連 suà 出版，tann 第六輯--出-來-ah！讀者諸君眞好運，tsit 擺，冊有註解、有錄音，lín m̄ 免親像我以早 án-ne「有喙問無路、有冊 píng 無步」--ah，thìng 好緊捷欣賞台語文學一度好（it-tóo-hó）ê 美麗光景。

推薦《抛荒的故事》第六輯「田庄運命紀事」

陳明仁台語文學推薦

張復聚
台灣南社副社長

啥物是台灣人？

啥物是台語文學？

歌 á 冊內面 ê 台灣人, 怨嘆, 悲傷, 消極 kap 迷信運命,

電視劇內底 ê 台灣人, 脫線, 三八, 粗魯, 無教養,…

官方政令宣導影片內底 ê 台灣人, 騎 o͘-tó͘-bái 無守規矩, 檳榔汁烏白 phùi, 講話大聲 chhoh-kàn-kiāu, lám-nōa, 穿插無 pih-chah......

……事實敢是按呢？

台語, 這 ê 名詞已經 tī 台灣存在百外冬, 是 74%台灣人 ê 母語, 美國官方網站講做 Taiwanese,「中華民國」叫做「閩南語」, 有寡台灣人認爲「台語：有語言, 無文學」, 甚至有人講「台語, 無存在」, 事實敢是按呢？

你若 kā 講英語 ê 人 o-ló, in 會按呢應：「Thank you.」

你若 kā 講華語 ê人 o-ló, in 會按呢應：『謝啦』。

你若 kā 講台語 ê 人 o-ló, in 會按呢應：無影--啦, 是你 m̄ 甘嫌。

恁看這是客氣, 古意, á-sī 無自信？

Beh 了解頂 koân ê 問題, 請來讀台語文學, 特別是阿舍陳明仁 ê 台語小說。讀阿仁 ê 台語小說, 會笑, 會哭, 有感心, 有 gêng 心, 有感恩, 有感慨, mā 有心酸, koh 會憤慨 kap hàiⁿ 頭。阿仁小說內面 ê 人物, 無論是外表 ê 穿插, 講話, 面貌 kap 行踏, 抑是內在 ê 人生觀, 價値觀kap 宇宙觀, lóng kap 頭前講 ê 情形 有眞大 ê 精差, 是按怎會按呢？這就是咱 ài 讀台語文學才會理解：簡單講, 台灣文化有眞濟無仝 ê 元素(elements), 南島原住民, 中國漢文化, 日本文化, kap 近代歐美元素。遮 ê 元素做成台灣人眞實 ê 文化精神(Zeitgeist)。台灣人 tī 無仝 ê 時間, 無仝 ê 場面自然有無仝 ê 表現(expression)。眞趣味--ê 是, 你若清氣 siùⁿ, 有禮數, 做代誌頂眞, sù-sī, 守規矩, 堅持…等等 khah 積極正面 ê 表現, 人眞可能會 o-ló 講你有「日本精神」, 李登輝總統就是眞好 ê 範例；m̄ 過 m̄-bat 聽過「中國精神」抑是「歐美精神」這款名詞！ 台灣人因爲久長 hō͘ 外來統治者蹧躂, 壓迫, 教育, 同化, in ê人格, 精神, 心靈, 價値, lóng 足 pháiⁿ 分析 kap 理解。總是, 來讀阿仁 ê 台語文學, 你就加減會知。

（本文使用傳統白話字）

〔附錄〕

《拋荒的故事》

有聲出版計畫(共六輯)

第一輯：1.地理囡仔先
2.新婦仔變尪姨
3.改運的故事
4.大崙的阿太佮砂鱉
5.指甲花
6.牽尪姨

田庄傳奇紀事

第二輯：1.愛的故事
2.濁水反清清水濁
3.顧口--的佮辯士
4.再會，故鄉的戀夢
5.來惜--仔佮罔市--仔的婚姻
6.發姆--仔對看的故事

田庄愛情婚姻紀事

第三輯：1.離緣
2.翕相師傅
3.紅襪仔廖添丁
4.戇清--仔買獎券著大獎
5.咖啡物語
6.山城聽古

田庄浪漫紀事

第四輯：1.沿路搜揣囡仔時
2.飼牛囡仔普水雞仔度
3.抾稻仔穗
4.甘蔗園記事
5.十姊妹記事
6.來去掠走馬仔

田庄
囡仔紀事

第五輯：1.乞食——庄的人氣者
2.鱸鰻松--仔
3.樂--仔的音樂生涯
4.痟德--仔掠牛
5.祖師爺掠童乩
6.純情王寶釧

田庄
人氣紀事

第六輯：1.印尼新娘
2.老實的水耳叔--仔
3.清義--仔選里長
4.豬寮成--仔佮阿麗
5.一人一款命
6.稅厝的紳士

田庄
運命紀事

台灣羅馬字音標符號及例字

聲母

合唇音	p 褒	ph 波	m 摩	b 帽
舌尖音 (舌齒音)	t 刀	th 桃	n 那	l 羅
舌根音	k 哥	kh 科	ng 雅	g 鵝
舌面音	ts 槽 之	tsh 臊 痴	s 挲 詩	j 如 字
喉　音	h 和 好			

韻母

主要母音	a 阿	i 衣	u 于	e 挨	o(ə) 蚵	oo(ɔ) 烏

鼻聲主母音	ann	inn		enn	onn	
	餡	圓		嬰	唔	
複母音	ai	au	ia	iu	io	(ioo)
	哀	歐	野	憂	腰	喲
	ua	ui	ue	uai	iau	
	娃	威	鍋	歪	夭	
鼻聲複母音	ainn	aunn	iann	iunn	ionn	
	偝	懊	營	鴦	羊	
	uann	uinn	uenn	uainn	iaunn	
	碗	○	○	歪	喵	
入聲韻母	ap	at	ak	ip	it	ik
p t k	壓	遏	握	揖	一	億
	op	ut	ok	iap	iat	iak
	○	鬱	惡	葉	謁	○
		uat	iok			
		越	約			
入聲韻母	ah	ih	uh	eh	oh	ooh
h	鴨	噫	噎	厄	僫	喔
	auh	iah	uah	ueh	ioh	iuh
	○	挖	哇	喂	臆	○
	annh	innh	ennh	onnh	mh	ngh
	○	○	○	○	○	○

韻尾母音

am	an	ang	im	in	ing
庵	安	尪	音	因	英
om	un	ong	iam	ian	iang
掩	溫	翁	閹	煙	央
	uan	uang			iong
	彎	嚾			勇
m		ng			
姆		黃			

聲調

1	2	3	4	5	6	7	8
第一聲	第二聲	第三聲	第四聲	第五聲	第六聲	第七聲	第八聲
	ˊ	ˋ		ˆ		ˉ	ˈ
獅	虎	豹	鱉	牛	馬	象	鹿
sai	hóo	pà	pih	gû	bé	tshiūnn	lo̍k
am	ám	àm	ap	âm	ám	ām	a̍p
庵	泔	暗	壓	醃	泔	頷	盒

in	ín	ìn	it	în	ín	īn	i̍t
因	允	印	一	寅	允	孕	一(tsi̍t)
ong	óng	òng	ok	ông	óng	ōng	o̍k
翁	往	盎	惡	王	往	旺	嘔

變調 5→7→3→2→1→7 h: 4→2, 8→3 ptk: 4→8→4

雞	鳥	燕	鴨	鵝	鳥	雁	鶴
ke	tsiáu	iàn	ah	gô	tsiáu	gān	ho̍h
↓	↓	↓	↓	↓	↓	↓	↓
kē	tsiau	ián	á	gō	tsiau	gàn	hò
母	翼	窩	頭	肉	毛	影	骨

國家圖書館出版品預行編目資料

抛荒的故事. 第六輯, 田庄運命紀事 / 陳明仁原著；蔡詠淯漢字改寫. - - 初版. - - 台北市：前衛, 2014.01
256面；13×18.5公分

ISBN 978-957-801-736-8(平裝附光碟片)

863.57　　103001009

抛荒的故事

第六輯, 田庄運命紀事

原　　著　Asia Jilimpo 陳明仁
漢字改寫　蔡詠淯
中文註解　蔡詠淯　陳豐惠　陳明仁
插　　畫　林振生
美術設計　大觀視覺顧問
內頁排版　宸遠彩藝
責任編輯　陳豐惠　黃紹寧
出 版 者　前衛出版社
10468 台北市中山區農安街153號4F之3
Tel：02-25865708　Fax：02-25863758
郵撥帳號：05625551
e-mail：a4791@ms15.hinet.net
http://www.avanguard.com.tw
出版總監　林文欽
法律顧問　南國春秋法律事務所林峰正律師
總 經 銷　紅螞蟻圖書有限公司
台北市內湖區舊宗路二段121巷19號
Tel：02-27953656　Fax：02-27954100
出版日期　2014年2月初版一刷

定　　價　1書2CD新台幣600元

Printed in Taiwan　ISBN 978-957-801-736-8